# L'ÊTRE PLUS

Itinéraire pour *Devenir soi-même*

De la même autrice

*Dominique Lambert*
Alaska, 2010

*Sans titre (M. Bertillon)*
RVB Books, 2012

*Déserteurs (Cent photographies)*
RVB Books, 2013

*Dominique Lambert*
RVB Books, 2016

*Guide du Pourquoi Pas?*
Seuil, 2020

*Le soleil ni la mort*
delpire & co, 2022

*Fiction & Cie*

Stéphanie Solinas

# L'ÊTRE PLUS

Itinéraire pour *Devenir soi-même*

*Seuil*

*57, rue Gaston-Tessier, Paris XIXᵉ*

COLLECTION
« Fiction & Cie »
fondée par Denis Roche
dirigée par Bernard Comment

Pour l'écriture de cet ouvrage,
l'autrice a bénéficié d'une bourse du Centre national du livre

ISBN 978-2-02-153924-0



www.seuil.com

87 % des fugitifs s'enfuient vers l'ouest.

Source inconnue

[…] il ne faut jamais hésiter à faire entrer la science dans la littérature ou la littérature dans la science ; le temps des belles ignorances est passé ; on doit accueillir dans son cerveau tout ce qu'il peut contenir de notions et se souvenir que le domaine intellectuel est un paysage illimité et non une suite de petits jardinets clos des murs de la méfiance et du dédain.

Rémy de Gourmont, préface à
*Esthétique de la langue française*, 1899

Plutôt que d'être pur acceptez-vous nombreux.

Arthur Cravan, « Des paroles », 1913

Nous sommes tous un gigantesque roman qui est parfaitement cohérent.

Olga Tokarczuk, 2020

Il n'y a pas de mort naturelle : rien de ce qui arrive à l'homme n'est jamais naturel puisque sa présence met le monde en question. Tous les hommes sont mortels : mais pour chaque homme sa mort est un accident et, même s'il la connaît et y consent, une violence indue.

Simone de Beauvoir, *Une mort très douce*, 1964

La prédiction est un exercice très compliqué, spécialement quand elle concerne le futur.

Niels Bohr, vers 1962

[...] la grande erreur, je le répète, c'est de croire qu'on voyage en regardant une carte.

René Daumal,
*Les Limites du langage philosophique*, 1935

Un chien dévorant une oie emmagasine de la graisse de chien et non de la graisse d'oie.

Attribué à Henri Poincaré, vers 1905

Mais alors, dit Alice, si le monde n'a absolument aucun sens, qui nous empêche d'en inventer un ?

Attribué à Lewis Carroll,
*Alice au Pays des Merveilles*, 1865

*Why ?*

# Vous êtes ici

Berceau commun de la Silicon Valley, où les nouvelles technologies promettent l'amélioration de l'humain par la science, et du New Age, courant spirituel tourné vers le développement personnel, l'ouest des États-Unis enjoint à « devenir soi-même ». De cet endroit du monde tenant ainsi tacitement pour résolue la question du soi – qui à moi ne cesse de tenir tête –, et cela par deux approches apparaissant contraires, j'ai fait mon terrain de recherche, et suivi ses routes, entre rationalité et croyance.

Mes investigations américaines, que je nomme *Devenir soi-même*, ont pris la forme d'un long road trip en solitaire, pour connecter des lieux et rencontrer des individus choisis dont l'engagement façonne le réel. Au travers d'eux, j'ai cheminé dans les idées d'aujourd'hui désireuses de concevoir l'humain « augmenté » du futur, entre spiritualité, intelligence artificielle et quête d'immortalité.

Face à l'immensité arpentée – des paysages, des questionnements –, il m'a semblé que je ne pouvais que dérouler les récits situés d'ELLE, ma figure de pérégrine, protagoniste en jeu au même titre que mes interlocuteurs. *L'Être plus (Itinéraire pour* Devenir soi-même*)* est ainsi l'atlas des routes géographiques et mentales qu'elle a empruntées, des directions suivies par d'autres qu'elle a consignées, scripte d'un voyage vers demain en perpétuelle construction, où il revient à chacun d'inventer sa place en s'élaborant dans l'inévitable : que faire du temps qui nous reste ?

# Plan général

# I. Un prologue

**Bateleur**

Elle pose sur son bureau une statuette en terre cuite à la bouche grande ouverte et au corps recouvert de petits personnages, qui lui sont comme des greffons. L'écran de son ordinateur éclaire son visage.

ELLE

(approchant la figurine de la webcam)

Elle vient de Santa Fe. Les Autochtones du Nouveau-Mexique qui l'ont modelée l'appellent *storyteller*.

AMOD DANGE

(voix qui sort de l'écran)

De l'instant où l'on apprend à parler jusqu'à notre mort, on échange constamment des histoires, parce qu'on sait qu'il est impossible pour un individu unique de vivre toutes les expériences que l'existence a à offrir. On les éprouve donc au travers des autres, on essaie de tirer davantage de la vie en la partageant. Aujourd'hui, il y a deux façons de l'augmenter encore. La première est évidemment d'arrêter de mourir ; c'est vrai, pourquoi meurt-on ? Le fait est que je ne pense pas avoir à mourir de cause naturelle de sitôt. [...] La seconde, c'est d'avoir une qualité d'interaction avec les autres qui soit plus directe, mieux intégrée ; ce qui est également en train d'arriver – on a Twitter, Facebook, FaceTime, le chat vidéo, et toutes sortes de technologies émergentes qui nous permettent de partager nos vécus d'une manière plus fine.

Amod Dange, designer produit chez Facebook, Menlo Park, Californie.

AMOD DANGE

(voix qui sort de l'écran)

Mais la vraie révolution, ce sera quand notre interaction avec l'intelligence artificielle sera devenue plus fluide, quand les appareils auront disparu, et que peut-être un néocortex synthétique connectera directement notre cerveau à Internet. L'IA sera constamment là pour nous aider à communiquer de mieux en mieux. [...] Ce que je vous dirai sera alors issu d'une combinaison de moi-même et de l'intelligence artificielle qui m'assistera. Et, à un moment donné, nous serons si bien hybridés avec l'IA que notre sentiment d'identité disparaîtra.

ELLE

J'arrive.

**Diseuse**

Inventée en 1964 par une potière de Cochiti Pueblo, Helen Cordero, à partir de la *singing mother* [mère chantante], la *storyteller* est une figure d'argile à la bouche ouverte pour conter des histoires, entourée d'enfants ou d'animaux qui l'écoutent en l'encerclant ou en grimpant sur son dos. Ce peut être un homme, un animal, mais il s'agit le plus souvent d'un personnage féminin. Sa bouche ouverte est peinte ou sculptée, comme parfois aussi celles de son public. Elle a toujours au moins un auditeur, mais elle peut en avoir autant que le souhaite l'artiste qui la façonne.

# II. Eux, aventureux

**Mat 1**

Refermer le coffre de la voiture.
Quitter le motel après la nuit.
Septième jour sur la route.

Elle lit : *Freeze your fat.*
Elle lit : *Melt your fat away.*

S'enfoncer dans les terres chaudes de l'Arizona.

Tucson.
Lynn Nadel, *Regents Professor* en psychologie à l'Université de l'Arizona.

LYNN NADEL

Je devrais vous parler de mon travail sur la mémoire. C'est simple.

(il pose ses deux mains à plat sur la table)

Le type de mémoire qui fait de nous celui ou celle que nous sommes est la mémoire dite épisodique. C'est elle qui enregistre ce que vous avez fait à San Diego hier et vous permet d'imaginer ce que vous allez faire à Sedona la semaine prochaine. Cette mémoire autobiographique repose sur un ensemble spécifique de zones du cerveau, qui gère à la fois notre passé, notre présent et notre futur. Et sur ce même réseau cérébral repose également notre capacité à naviguer dans le monde réel, à élaborer des cartes mentales, pour nous orienter dans l'espace physique que nous arpentons.

ELLE

*This is wonderful.* Voyager dans nos identités comme on voyage dans le monde.

La serveuse en tablier blanc vient remplir leurs verres d'eau et de glaçons.

**Mat 2**

ELLE

Si notre capacité à naviguer dans le temps s'est développée sur le réseau cérébral gérant nos déplacements dans l'espace qui lui préexistait, ce moment de l'évolution est-il une bascule de l'animal à l'humain – l'acte de naissance de l'humanité, en quelque sorte ?

LYNN NADEL

Sans doute, mais ce n'est pas le seul élément. Notre langage et la richesse incroyable de son vocabulaire sont aussi une spécificité humaine, qui permet d'utiliser cette structure de la mémoire, de partager les informations qu'elle contient. [Dans l'ouvrage *The Hippocampus as a Cognitive Map* coécrit avec le neuroscientifique John O'Keefe en 1978] notre hypothèse est que le langage s'est développé afin que nous puissions, en communiquant, transférer nos cartes du monde dans la tête d'un autre.

(il s'avance sur sa chaise) **Mat 3**

Il y avait l'idée que les souvenirs sont formés et c'est tout, qu'ils sont un enregistrement fixe de ce qui est arrivé, de ce que vous avez fait ou vu – comme une photographie, en somme. Seulement, nous savons maintenant que ce n'est pas vrai. En réalité, quand vous repensez à un événement, il redevient pour ainsi dire fluide dans votre cerveau. Vous êtes au courant de ça ?

ELLE

Racontez-moi.

LYNN NADEL

On tend actuellement à penser qu'avoir une mémoire non figée rend possible de recombiner, notamment pendant notre sommeil, les éléments de notre passé. D'un point de vue adaptatif, son rôle serait de nous fournir des informations permettant de modifier nos comportements futurs, pour nous améliorer sur la base de nos expériences vécues.

**Carte**

ELLE

Avec sa capacité à traiter une grande quantité d'informations, l'intelligence artificielle pourrait-elle augmenter notre mémoire et sa flexibilité, et ainsi notre aptitude à nous réinventer ?

LYNN NADEL

Laissez-moi prendre encore une chips et je vous réponds… Vous connaissez cette nouvelle de Borges, « De la rigueur scientifique » ?

« En cet empire, l'Art de la Cartographie fut poussé à une telle Perfection que la Carte d'une seule Province occupait toute une Ville et la Carte de l'Empire toute une Province. Avec le temps, ces Cartes Démesurées cessèrent de donner satisfaction et les Collèges de Cartographes levèrent une Carte de l'Empire, qui avait le Format de l'Empire et qui coïncidait avec lui, point par point. Moins passionnées pour l'Étude de la Cartographie, les Générations Suivantes réfléchirent que cette Carte Dilatée était inutile et, non sans impiété, elles l'abandonnèrent à l'Inclémence du Soleil et des Hivers. Dans les Déserts de l'Ouest, subsistent des Ruines très abîmées de la Carte. Des Animaux et des Mendiants les habitent. Dans tout le Pays, il n'y a plus d'autre trace des Disciplines Géographiques. »

« De la rigueur scientifique », Jorge Luis Borges, 1946

LYNN NADEL

L'intelligence artificielle a une incroyable capacité à catégoriser, à extraire des modèles. Mais chaque épisode de notre vie est un cas particulier. Il n'arrive qu'une seule fois. Nous avons un cerveau qui peut conserver cette instance unique et ses détails spécifiques, et la différencier des autres événements similaires. D'un point de vue scientifique, donc matérialiste [qui affirme qu'il n'existe d'autre substance que la matière], en principe, on doit pouvoir élaborer une intelligence artificielle à même de reproduire toutes les caractéristiques de l'esprit humain ou de déchiffrer une pensée. Seulement, une telle modélisation pourrait être d'une complexité équivalente à l'esprit humain, donc je m'interroge sur son utilité.

**Mat 4**

ELLE

Si l'esprit humain peut être totalement décomposé et observé, alors où loge l'identité ?

LYNN NADEL

Si vous n'avez pas une connaissance approfondie des voitures, vous regardez et vous voyez une seule entité : la voiture. Si vous êtes mécanicien, vous dites : Attendez un peu… il y a le piston, il y a le moteur, il y a toutes ces pièces. Nous avons tendance à regarder le soi comme l'objet « voiture » – et depuis le siège du passager, car c'est ce que nous sommes, non ? Mais, en réalité, il est composé d'éléments qui peuvent être dissociés et avoir leur propre existence séparée.

(il marque une pause)

Mais cette explication matérialiste ne répond pas nécessairement à la question de savoir *pourquoi* nous l'expérimentons comme une chose unique et unifiée.

ELLE

J'aimerais savoir pourquoi.

LYNN NADEL

Comme nous tous ! C'est la question à 100 millions de dollars ! Qu'est-ce qui fait qu'à partir d'éléments inanimés par eux-mêmes et mis ensemble, tout à coup, il y a la vie, il y a l'amour, une conscience, une volonté ? […] L'expérience individuelle de l'unité du soi, de la conscience de soi, de ressentis tels que la douleur, le goût, ou tout ce qui est subjectif, tout cela est, jusqu'à présent, pour la science, un mystère complet. Si quelqu'un vous dit le contraire, il vous ment, et il se fait des illusions. Nous n'en avons pas la moindre idée.

ELLE

Cela restera-t-il un mystère dans le futur ?

LYNN NADEL

Eh bien, là encore, nous devons supposer que non, qu'il y aura des progrès, puisqu'en principe, s'il s'agit d'une réalité matérielle, alors elle devrait pouvoir être saisissable. En principe. Mais nous ne sommes pas près d'y parvenir.

**Frontière**

Rouler vers l'ouest.

La conquête de l'Ouest est le processus de colonisation, par des populations essentiellement d'origine européenne et le gouvernement des États-Unis, au XIXe siècle, de l'immense territoire qui s'étend du Mississippi à l'océan Pacifique, habité jusqu'alors par les peuples autochtones.
https://fr.wikipedia.org/wiki/Conquête_de_l'Ouest

Route déserte et soleil timide.

En 1804, le président américain Jefferson envoie le capitaine Lewis et le lieutenant Clark en reconnaissance. L'idée d'une « terre promise » à l'ouest grandit parmi la population de l'Est. Dans les années 1840, la croyance en un droit quasi divin du peuple américain

de s'approprier ces terres, malgré la présence des Autochtones, prend le nom de « Destinée manifeste » : la nation américaine aurait pour mission l'expansion de la « civilisation » vers l'ouest – et à partir du XXe siècle dans le monde entier.
https://fr.wikipedia.org/wiki/Expédition_Lewis_et_Clark
https://fr.wikipedia.org/wiki/Destinée_manifeste

S'arrêter en bord de route pour photographier un orage au loin.

La ligne mouvante marquant la zone limite de l'implantation des populations d'origine européenne dans le contexte de la conquête de l'Ouest est appelée « Frontière » par l'historien Frederick Turner en 1893. Il en fait l'un des concepts majeurs de la construction de l'identité américaine. Ligne qui doit être franchie, barrière qui doit être dépassée, la « Frontière » au sens américain contribue à forger la valeur d'action comme un élément essentiel de la cohésion du peuple étatsunien.
https://fr.wikipedia.org/wiki/Frontière_(conquête_de_l'Ouest)

Chercher un motel avant la nuit.

En 1960, plus d'un siècle après avoir conquis l'Ouest ultime qu'est la Californie, le président Kennedy propose aux Américains de se projeter vers une « Nouvelle Frontière » : l'exploration de l'espace.
https://fr.wikipedia.org/wiki/Nouvelle_Frontière

Quitter la route principale.

Dans les années 1990, John Perry Barlow, pionnier d'Internet, promeut l'idée du cyberespace comme « Frontière électronique », un équivalent numérique des contrées de l'Ouest, au-delà des limites physiques et politiques, où la liberté et l'autodétermination pourraient être pleinement réalisées.
https://fr.wikipedia.org/wiki/Déclaration_d'indépendance_du_cyberespace

Couper le moteur. Avancer dans le noir.
Aujourd'hui, quel horizon reste-t-il à dépasser ?

**Arcane 1**

Voir le soleil se lever.
Traverser le pont du Golden Gate.
Suivre la route qui mène à la Silicon Valley.

Aubrey de Grey, P-DG de la SENS (Strategies for Engineered Negligible Senescence) Research Foundation, docteur en science informatique et en biogérontologie. Il propose de résoudre les sept causes du processus de vieillissement qu'il a identifiées afin d'étendre l'espérance de vie humaine à l'infini.

Dans son bureau, il discipline sa barbe.
Il détache ses cheveux longs, les peigne.

AUBREY DE GREY

Il ne s'agit certainement pas d'une quête visant à l'immortalité. « Immortalité » est un mot que je fuis, car cela implique l'idée de la fin de la mort – alors que je ne peux pas éviter d'être écrasé par un camion. La seule cause de mortalité que nous étudions, c'est le vieillissement.

ELLE

Envisager le vieillissement comme maladie létale, est-ce une manière de lutter contre la peur de la mort ?

AUBREY DE GREY

Je ne pense pas que nous ayons à avoir peur de la mort, ou même de la maladie. Il s'agit plutôt d'assumer que c'est quelque chose dont on ne veut pas. Je n'ai pas peur d'être bloqué dans les embouteillages, mais je cherche toujours la route optimale pour mes trajets. C'est tout. Il s'agit d'être rationnel sur la manière d'agir maintenant pour avoir un meilleur futur. [...] Je suis quelqu'un de plutôt conservateur. Je n'ai pas besoin de trop de nouveauté dans ma vie, certainement pas d'aller sur la Lune. Par conséquent, autant être content d'être fait de viande, du moment que je suis sûr de ne pas être malade ; ce qui est délicat, mais nous y travaillons.

ELLE

Vous dites devoir « évangéliser » sur ces sujets, ou encore que garder les gens en bonne santé est conforme à la volonté divine ; êtes-vous croyant ?

AUBREY DE GREY

Pas vraiment. Je dirais que je suis agnostique, car, lorsque j'étais adolescent, je suis arrivé à la conclusion que c'était quelque chose que je n'avais pas besoin de savoir. J'ai réalisé que ce que Dieu demande dans la Bible est plus ou moins de contribuer à minimiser la souffrance des gens, or c'était ce que je voulais faire de toute façon : améliorer la qualité de vie. Déjà quand je n'étais pas encore biologiste mais informaticien, je m'intéressais à l'automatisation parce que je ne trouvais pas juste que les gens doivent passer autant de temps à travailler. Aussi, si Dieu existe, ça ne change pas la façon dont je mène ma vie, et si Dieu n'existe pas, non plus. J'ai donc décidé de ne pas perdre mon temps à essayer de résoudre cette question, d'autant plus que depuis l'éveil de l'humanité toutes les civilisations s'y sont essayées, sans succès.

ELLE

Comment considérez-vous les questions éthiques que votre travail soulève ?

AUBREY DE GREY

Je passe ma vie à répondre à ces soi-disant questions éthiques… Va-t-on devoir avoir moins d'enfants si l'on ne meurt plus ?… Mais si les critiques de la croisade antivieillissement que nous menons veulent argumenter de manière intellectuellement honnête sur le fait que nous ne devrions pas poursuivre ces recherches, ils doivent faire valoir, de manière réaliste, concrète, que les problèmes qui pourraient survenir seraient pires que le problème du vieillissement. Or personne ne le fait. C'est illogique, c'est fou, c'est ennuyant.

**Arcane 2**

(un silence, il reprend)

Autre chose que l'on pourrait qualifier de problème éthique, c'est par exemple quand certains disent : La mort donne un sens à la vie. Je pense que c'est carrément n'importe quoi, d'autant plus que les gens ne savent même pas ce qu'ils entendent par là – après tout, c'est quoi le « sens » ? Pour savoir ce que signifie une phrase, vous devez savoir ce que signifient les mots qui la composent. Ici, si vous ne pouvez définir ce qu'est le « sens », ce qui est évidemment impossible, alors c'est une affirmation absurde.

Elle insiste.

AUBREY DE GREY

(agacé)

Je n'ai absolument aucun respect pour l'idée que la vie a un sens. Pour moi, c'est un pur hasard que je sois cette personne. J'ai consacré mon existence à améliorer la qualité de vie de l'humanité, et il pourrait être légitime de se demander pourquoi j'ai fait ça plutôt que de passer mon temps à la plage, ou à gagner beaucoup d'argent, ou autre chose encore. Je n'en ai pas la moindre idée, c'est juste qui je suis. D'ailleurs, je m'en moque complètement de ne pas en avoir la moindre idée, c'est encore une chose que je ne ressens pas le besoin de savoir. Je suis qui je suis et ça me suffit.

ELLE

Mais ce « je » que vous êtes, d'où vient-il ?

AUBREY DE GREY

Je l'ignore, et ça m'est égal de ne pas savoir.

ELLE

Que va-t-il advenir de lui après la mort ?

AUBREY DE GREY

Je n'ai pas l'intention de mourir. Donc, encore une fois, je m'en moque.

ELLE

Pensez-vous qu'il puisse exister une vie après la mort ?

AUBREY DE GREY

Je crois à cette possibilité, oui. Je n'ai juste pas envie de faire l'expérience.

**Apothicaire**

À l'heure où les habitants de San Francisco entament le week-end, quitter les embouteillages pour rejoindre les imposants bâtiments installés sur les collines de Novato, au nord de la grande ville.

Fondé en 1999, le Buck Institute for Research on Aging est le premier institut indépendant de recherche biomédicale axé uniquement sur le vieillissement. Parmi ses partenariats, Calico (California Life Company), société de biotechnologies de Google ayant pour projet déclaré de « tuer la mort ».

Eric Verdin, P-DG du Buck Institute, l'accueille en français.

ERIC VERDIN

L'idée d'immortalité fait partie de l'humanité depuis au moins trois mille ans, de *L'Épopée de Gilgamesh* en Mésopotamie au XIII^e siècle avant J.-C. au mythe de la fontaine de Jouvence, ou encore à la pierre philosophale des alchimistes ; ce n'est pas là-dessus qu'on travaille. Au Buck Institute, on œuvre à comprendre les mécanismes qui régulent le phénomène de vieillissement dans le but de prolonger la vie en bonne santé. Bien sûr, quand certains affirment : Je vais vous faire vivre pour toujours, alors que moi j'annonce que je vais vous aider à vivre jusqu'à 95 ans en bonne santé, ça peut avoir l'air d'un échec ou d'un manque d'ambition. Mais ce que nous faisons est réel et va avoir un impact profond sur la société, et c'est sur cela que nous devrions nous concentrer. Projetez-vous dans cinq cents ans ; étant donné qu'au cours des cent dernières années la durée de vie humaine a augmenté de deux ans tous les dix ans, vous pourriez vivre jusqu'à environ 200 ans. On est toujours très loin de l'immortalité.

(il reprend en anglais)

Cela dit, nous faisons actuellement en biologie des choses absolument étonnantes, que nous n'aurions pu imaginer il y a encore cinq ans.

Quand elle était étudiante en photographie, elle voulait savoir comment différencier la lumière de l'aurore de celle du crépuscule d'avant nuit.

ELLE

Alors quelle perspective pour la vie humaine pourrait émerger ?

ERIC VERDIN

Il y a un parallèle très fort entre ce qui se passe aujourd'hui en biologie et l'âge d'or de la physique, les années 1910-1930 avec Einstein, Planck et toutes les grandes découvertes. Nous nous promenons aujourd'hui avec un superordinateur dans notre poche, nous avons Internet, mais qui aurait pu anticiper que leur travail mènerait à cela ? De 1952 à aujourd'hui, ça a été une période incroyable en termes de recherche en biologie ; qui peut donc prédire ce que nous serons capables de faire dans cent ans ? Personne, et c'est à peu près tout ce qu'il y a à reconnaître.

Son prof de sensitométrie lui avait répondu que c'était impossible.

**Arbre**

Arriver au Super 8 Motel de Bishop en fin d'après-midi.

À l'accueil pour résoudre un problème avec l'internet de sa chambre, elle feuillette les brochures touristiques. Une photo lui montre que le Methuselah Tree est à une heure d'ici. Elle n'aime pas revenir sur ses pas, mais pour le voir elle se lèvera demain avant l'aube et rebroussera chemin vers l'Ancient Bristlecone Pine Forest.

*8 am.* Le parking du départ de randonnée est désert. Soleil voilé, temps frais. Après une montée à l'ombre, elle bascule d'un pas sur un flanc de colline en pleine lumière, et trouve des arbres aux formes indescriptibles. Les pins qui l'environnent ont 2000, 3000, 4000 ans. Elle le cherche, mais elle sait que son emplacement exact est caché pour éviter tout acte de vandalisme : Mathusalem, nommé en référence au patriarche biblique mort à 969 ans, est l'organisme vivant non clonal le plus âgé de la planète. Né quelques centaines d'années avant la construction des grandes pyramides d'Égypte, découvert en 1957, il a aujourd'hui 4855 ans.

C'est dans les années 1950 que la longévité des *Pinus longaeva* a été reconnue pour la première fois, par le Dr Edward Schulman, choquant une communauté scientifique qui croyait à une corrélation entre longue durée de vie et grande taille. Pour lui, l'environnement hostile dans lequel le pin Bristlecone a évolué a contribué à augmenter sa durée de vie, « l'adversité engendrant la longévité ». Même si une grande partie d'un pin Bristlecone est endommagée par l'érosion ou le feu, de petites bandes d'écorce vivante, que

Schulman appelait des « lignes de vie », sont capables de fonctionner et de maintenir l'arbre en vie.
https://www.collectorsweekly.com/articles/oldest-living-tree-tells-all/

Son voyage dans le temps est une boucle qui la ramène au parking. La cabane des Park Rangers maintenant ouverte, elle les interroge : Oui, nous savons où il se trouve, mais nous ne dirons rien. Oui, ils sont petits, souvent nus, mais ce sont des arbres vivants. Non, ce ne sont pas des clones, car chaque arbre provient d'une seule graine. D'autres organismes sont datés plus anciens [Pando, une colonie clonale d'arbres située en Utah, aurait 80 000 ans], mais c'est différent, car ils sont issus de plusieurs graines : un arbre pousse, fait des graines, meurt, un nouvel arbre pousse de ces graines, etc.

Elle leur achète un kit *Grow a tree* et reprend la route. Encore deux cents *miles* à parcourir.

*1 pm.* Entrer dans le parc national de Yosemite par le Tioga Pass à 3 031 mètres d'altitude, montagnes et vues à couper le souffle. À Tuolumne Grove, parmi les séquoias géants, le Dead Giant Tunnel Tree. C'est sur cet arbre foudroyé qu'en 1875 a été initiée la pratique consistant à creuser un passage dans la base de ces troncs démesurés pour que les touristes puissent conduire leur voiture au travers.

Elle photographie l'arbre troué. Sur le chemin de terre rouge qui parcourt la forêt, ses pas se synchronisent avec ceux d'un très jeune couple qu'elle avait remarqué depuis la route. Il est roux, coupe au bol impeccable, tee-shirt vert, des bretelles à son pantalon. La fille porte un tablier noir. Ils sont très proches l'un de l'autre. Elle a envie de les regarder ; peut-elle faire leur portrait ?

– Non, nous ne faisons pas de photographies.
– Pourquoi ?
– À cause de notre religion.
– Pourquoi ?
– À cause de notre foi. Nous n'utilisons pas de voitures.
– Vous faites comment ici ?

Quand ils ralentissent soudain, elle réalise que son désir de comprendre a pu sonner pour eux comme une défiance. Elle les remercie et continue sa marche. Elle arrive avant eux au parking où les attend leur chauffeur.

Ce soir, elle lit :
Les amish sont une communauté religieuse chrétienne fondée en 1693 en Alsace dont la majorité des membres se trouvent aujourd'hui aux USA et sont connus pour mener une vie simple, pacifique et austère, se tenant à l'écart du progrès et des influences du monde extérieur.
https://fr.wikipedia.org/wiki/Amish

Ce soir, elle note : Pourquoi les arbres poussent-ils ?

**Échelle**

Déjà dans *Sylvie and Bruno Concluded*, Lewis Carroll écrivait :

« – C'est une autre chose que nous avons apprise de votre Nation, dit Mein Herr, la cartographie. Mais nous l'avons menée beaucoup plus loin que vous. Selon vous, à quelle échelle une carte détaillée est-elle réellement utile ?

– Environ six pouces pour un mile.

– Six pouces seulement ! s'exclama Mein Herr. Nous sommes rapidement parvenus à six yards pour un mile. Et puis est venue l'idée la plus grandiose de toutes. En fait, nous avons réalisé une carte du pays, à l'échelle d'un mile pour un mile !

– L'avez-vous beaucoup utilisée ? demandai-je.

– Elle n'a jamais été dépliée jusqu'à présent, dit Mein Herr. Les fermiers ont protesté : ils ont dit qu'elle allait couvrir tout le pays et cacher le soleil ! Aussi nous utilisons maintenant le pays lui-même, comme sa propre carte, et je vous assure que cela convient presque aussi bien. »

*Sylvie & Bruno Concluded*, Lewis Carroll, 1893

# III. Le soleil ni la mort

**Papesse**

Ouvrir un œil.
Une jongleuse. Deux acrobates. Sur le mur, une danseuse aux ailes de papillon en équilibre sur un globe étoilé.

Chambre 22, Amargosa Opera House and Hotel, Death Valley Junction.
Frontière est de la Vallée de la Mort.
Hier, dans le rouge des rideaux frappés par le soleil couchant, elle a photographié dans le miroir son reflet incandescent.

Déposer sa clé avant de reprendre la route.

Interroger la réceptionniste sur la propriétaire du lieu. En 1967, Marta Becket, 43 ans, danseuse sur Broadway en tournée, traverse la Vallée de la Mort. Pendant que son mari fait réparer un pneu crevé, elle explore Death Valley Junction, qui compte alors une dizaine

d'âmes, et découvre un théâtre dans une construction abandonnée. Elle décide de tout quitter pour s'y installer, tenant l'Amargosa Opera House and Hotel jusqu'à sa mort à 92 ans.
C'était il y a six mois.

Marta Becket habitait encore New York quand un médium lui avait fait une prédiction alors surprenante : elle aurait une deuxième vie, pas dans une ville, et un endroit à rénover, dans un lieu dont le nom commençait par la lettre A.

Avant, Death Valley Junction s'appelait Amargosa – en référence à la rivière « amère » qui s'écoule dans la Vallée de la Mort et dans les régions au nord-ouest de Las Vegas, où elle disparaît dans le sol.

Traverser la cour brûlante jusqu'à l'Opera House. Attendre que les yeux éblouis s'ajustent à la pénombre. Une petite scène surélevée, des rangées de sièges en velours rouge, des visages : après sa première représentation dans une salle restée vide, Marta Becket a peint aux murs ses spectateurs perpétuels.

ELLE

(se tournant vers la réceptionniste)

Aujourd'hui que Marta Becket a disparu, que va-t-il advenir de ce lieu ?

LA RÉCEPTIONNISTE

Vous savez, on ne va nulle part jusqu'à temps que tout s'écroule. C'est ce qu'elle voulait. Simplement que nous continuions à raconter son histoire et à faire ce que nous avons toujours fait.

Il y a vingt ans, à la place du miroir de l'entrée, Marta Becket a peint l'hôtel en ruine, et au-dessus son fantôme en costume de scène, qui danse.

Retrouver la lumière.
Démarrer.

**Doigt**

50 °C à l'ombre, mais il n'y a pas d'ombre dans la Vallée de la Mort.

Badwater Basin, quatre-vingt-cinq mètres sous le niveau de la mer, point le plus bas de l'Amérique du Nord. Depuis le parking, voir des gens qui déambulent au loin. Attraper une bouteille d'eau dans le coffre, marcher dans leur direction. Dans un mouvement coordonné, les silhouettes reviennent vers elle. Parvenir au cœur de l'immense zone salée désertique, seule. Air lourd, poisseux. Elle sort sa caméra. Elle scrute le sol. Dans chaque lieu américain arpenté pour ses recherches elle opère un prélèvement. Une forme oblongue attire son attention. Marron sur blanc. Elle s'approche, mal à l'aise : on dirait un doigt. Un seul doigt, coupé. Sec, d'un jaune foncé, sale. Elle photographie. Desséché, momifié, ce ne peut être qu'un doigt, elle en est persuadée. Son malaise grandit. Des éclairs au loin, l'ambiance est dramatique. Ce doigt, dans cette vallée désertée, lui désigne clairement quelque chose – mais quoi ? Doit-elle l'emporter pour l'ajouter à sa collection ? Enfin, ça ne se fait pas. Elle tourne en rond, elle hésite, elle a beaucoup trop chaud, sa bouteille est déjà vide, elle doit absolument retourner à ses réserves. Que décider ? Bon, elle le prend. Ça la dégoûte. Elle utilise comme protection son reçu des dollars retirés ce matin pour le déposer dans l'un des petits sacs transparents où elle garde ses échantillons. Ses gestes sont résolus – mais son esprit résiste. N'est-elle pas en train d'attirer quelque sort sur elle ? Si une pluie diluvienne survient, alors ça voudra dire que oui. Immédiatement, deux grosses gouttes l'atteignent. Mais deux gouttes seulement. *Shit.* Quelqu'un pourrait-il l'aider à décider ? Elle se sent fébrile, avec ce doigt maintenant dans son sac et cette drôle d'impression qui la colle. Elle marche vers sa voiture. Le parking s'est rempli à nouveau, une arrivante qu'elle croise lui sourit franchement, alors elle la voit. Sur son tee-shirt : *Don't look back. You are not going that way* [Ne regarde pas en arrière. Ce n'est pas par là que tu vas]. *Okay.* Elle le garde. Elle espère juste qu'elle ne fait pas une connerie.

Au plus chaud, au plus sec, au plus bas ; la Vallée de la Mort est le fond du continent ; la plus large étendue de chaleur et de sécheresse ; la bordure extérieure de la vie, déclarent les panneaux qu'elle parcourt à la maison des Park Rangers.

Nommée « Vallée de la Mort » par les chercheurs d'or qui la traversent en 1849, pour les Premières Nations avant eux cette zone désertique était la vallée Timbisha, du nom d'un pigment rouge sacré présent dans les montagnes qui l'entourent. À leurs yeux, la couleur rouge représente *the way forward* [la voie à suivre], et une plume rouge trouvée sur un chemin, en pointant la direction du futur, interpellerait celui ou celle qui la trouve : Qui es-tu ? Où vas-tu ? Quel genre de vie mènes-tu ?

ELLE

(pour elle-même)

Là où les populations autochtones voyaient le futur, le monde occidental a vu la fin de la vie.

Elle s'installe au volant, et garde pour plus tard les interrogations que pourrait vouloir lui adresser le seul autoportrait qu'elle a fait depuis qu'elle est sur la route.

**Pointeur**

San Francisco. Clément Chéroux, *Senior Curator of Photography* du SFMOMA. Elle lui confie son indécision de Badwater Basin. Il lui envoie une conférence de John Szarkowski dans laquelle le premier conservateur du département de photographie au MoMA de New York dit : « La similarité entre la photographie et l'acte de pointer me semble intellectuellement constructive. Pour sûr, les meilleurs photographes ont été avant tout des pointeurs. Des hommes et des femmes dont le travail dit avec autorité : "Considérez ceci ; j'attire votre attention sur cette pyramide, ce visage, ce champ de bataille, ce motif de la nature, cette juxtaposition éphémère." »

**Maison 1**

Se garer au pied d'un palmier sur le parking d'un entrepôt de la banlieue chic de Phoenix.

Créée en 1972, l'Alcor Life Extension Foundation propose depuis 1976 à ses clients de conserver leur corps après leur mort en attente de l'invention par la science de demain d'une technique de résurrection.

Linda Chamberlain, fondatrice d'Alcor avec son mari aujourd'hui cryogénisé.

ELLE

Qui sont ces gens sur les photographies ?

LINDA CHAMBERLAIN

Ces photos sur nos murs nous rappellent pourquoi nous sommes là et pour qui – ce sont nos patients. Là, c'est mon mari, Fred Chamberlain, à l'époque où j'en suis tombée amoureuse. C'est ainsi que j'aime à me souvenir de lui. Et puis, si et quand nous ressusciterons – nous disons toujours « si et quand », car la technologie nécessaire reste à mettre au point –, je suppose qu'il ressemblera à cela lorsque nous nous retrouverons.

ELLE

Vos clients ressuscités seront-ils 100 % identiques à leur version originale ?

LINDA CHAMBERLAIN

Se peut-il qu'il n'y ait pas une correspondance parfaite ? Oui, c'est possible. Seulement, considérez que nous ne sommes pas la même personne d'un jour à l'autre. S'il n'est pas tout à fait évident que je suis différente de celle que j'étais hier, il est manifeste que je ne suis pas celle que j'étais à 20 ans. [...] Nous sommes un flux d'informations en perpétuel changement, mais pouvons-nous préserver suffisamment de ce flux pour, une fois ressuscités, pouvoir affirmer : Oui, c'était moi ? Et puis, même si vous ne retrouvez pas l'intégralité de vos souvenirs, vous aurez toute une vie pour vous en faire de nouveaux.

ELLE

Quelle sera l'espérance de vie des ressuscités ?

LINDA CHAMBERLAIN

Il est probable qu'elle soit infinie. La question sera simplement : combien de temps voulez-vous vivre ? Si vous êtes déprimé, fatigué, si tout vous ennuie, vous ne souhaiterez peut-être pas exister éternellement ; mais, au moins, ce sera votre décision, pas le fait d'une contrainte biologique qui vous impose de mourir, que vous le vouliez ou non. C'est vraiment cela que nous voulons éviter.

Elles avancent de pièce en pièce, chacune dédiée à l'une des étapes de la procédure de traitement des patients qui leur arrivent une fois décédés.

LINDA CHAMBERLAIN

La clé, c'est le temps. Après la mort, une cascade de changements biochimiques se déclenche, conduisant à la détérioration rapide du corps. Notre mission est d'arrêter ce processus.

Nous avons, en gros, une fenêtre de dix-huit heures pour agir. [Pour maximiser les chances, Alcor espère pour bientôt une sorte de moniteur porté par les membres, capable d'alerter ses équipes si le cœur s'arrête et de fournir les coordonnées GPS.] Le froid formant des cristaux pouvant causer des dommages irréversibles, nous ne congelons plus les gens, nous les vitrifions.

(elle ouvre une porte)

Ici, à ce stade, si c'est un patient *neuro*, la tête est séparée du reste du corps. Nous conservons la tête entière et pas simplement le cerveau, parce qu'il pourrait être facilement endommagé. Sa meilleure protection reste le crâne, naturellement sur mesure.

ELLE

Quel est le profil de celles et ceux qui s'engagent à vous confier leur corps ?

LINDA CHAMBERLAIN

L'âge moyen de nos membres est de 47 ans ; en majorité des hommes, technophiles.

ELLE

Acceptant de devenir pour un temps incertain ces êtres en sursis, vos clients sont-ils mus plutôt par une forme d'addiction à la vie ou par une phobie de la mort ?

Je ne pense pas qu'il existe une réponse unique. Mon mari et moi étions fascinés par le futur et adorions la vie, mais de mes échanges avec nos membres potentiels je réalise qu'il y a beaucoup de peur. Leurs questions sont toujours des « et si ? » : Et si je suis mort depuis plus de vingt-quatre heures ? Et si mes côtes se cassent lorsque vous ouvrez ma cage thoracique, serez-vous capables de les réparer ? Comment pouvez-vous garantir ceci ? etc. Ils se focalisent sur le moindre risque que ça tourne mal. Mais quelles sont vos chances d'être jamais ressuscité ? Vous savez, il faut avoir foi en la possibilité que ça marche. Nous ne pouvons absolument rien garantir, et si vous n'êtes pas capable d'accepter qu'il y ait quelques risques, alors mieux vaut ne pas le tenter. C'est comme conduire une voiture : si vous n'arrivez pas à accepter que vous pouvez avoir un accident, et même mourir, alors il vaut mieux vous abstenir d'y monter. Sinon vous serez terrifié durant tout le temps où vous vous y trouverez.

Marcher jusqu'au lieu de stockage des cent cinquante-deux patients à ce jour. Ils sont conservés dans des cylindres métalliques décrits comme des « thermos ». Dans chaque thermos qu'elle aperçoit, il y a quatre corps répartis contre la paroi, entourant au centre une colonne de cinq têtes.

Compter 200 000 dollars pour une cryogénisation complète, ou 80 000 dollars pour conserver seulement la tête, les patients *neuro* misant sur la possibilité que soient élaborés de nouveaux corps synthétiques rendant obsolète leur corps biologique.

« C'est ici que vous vous délasserez. Peut-être 10 ans. Peut-être 150 ans. Peut-être 12 000 ans. Mais le temps vous importe peu. Vous êtes sur pause », dit la brochure d'information à ses futurs membres.

ELLE

(curieuse)

Au moment de la résurrection, comment feront vos patients sans corps ?

LINDA CHAMBERLAIN

Le plus probable est que, au lieu d'un corps fait de millions de cellules biologiques, il sera composé de trilliards de nanobots en essaim. Ce qui est chouette, c'est qu'il pourra se reconfigurer : avoir l'air très humain ou, par exemple, si on veut aller nager dans l'océan, se réorganiser en orque – et alors ce ne sera plus à nous mais aux requins de se faire du souci. Même si nous sommes très attachés au cerveau biologique, il faut reconnaître que plus on l'étudie, plus on se rend compte à quel point il est limité : lent, paresseux, vraiment entravé. L'électricité circule des millions de fois plus vite dans le silicone que dans des tissus biologiques. Vous penserez plus vite. Le sexe sera meilleur ; le sexe, c'est tout dans la tête, non ? C'est généralement l'argument avec lequel je convaincs les hommes.

ELLE

Et vous ?

LINDA CHAMBERLAIN

Je ne veux pas d'un corps physique, hors de question ! Regardez-moi ça : tout s'effondre.

**Maison 2**

Bras musclés, taches de rousseur, tee-shirt ajusté. Max More, P-DG d'Alcor.

MAX MORE

Si votre cœur a une valve défectueuse et qu'on vous annonce que vous allez probablement mourir dans l'année sans une intervention chirurgicale, vous allez faire l'opération, et non pas dire : Oh, je suppose que mon heure de mourir est venue – personne ne dit ça. Aussi, quand il s'agit de cryogénie, je trouve un peu bizarre que la majorité ne choisisse pas cette option, étant donné qu'elle donne au moins une chance. En ce sens, elle est un prolongement de la médecine d'urgence, et également parce que nous ne considérons pas nos patients comme morts. Ils ne sont pas vivants, mais ils ne sont pas morts non plus; ce qui est déroutant, car l'un exclut l'autre, n'est-ce pas? Nous avons la nuit, nous avons le jour – mais nous avons aussi le crépuscule. Les patients sont plutôt dans une sorte de coma profond, mais sans aucun métabolisme.

ELLE

Quand estimez-vous que la résurrection sera possible?

MAX MORE

C'est la question que tout le monde pose, et il n'y a pas vraiment de bonne réponse. Le consensus est que cela devrait arriver d'ici cinquante à cent cinquante ans. Disons que nous sommes un peu dans la même situation que Léonard de Vinci: il imaginait des machines volantes, qu'il savait possibles en principe, mais il ne disposait pas des outils, matériaux et technologies nécessaires pour les fabriquer. Cela dépend aussi du financement et des efforts collectifs entrepris: en 1961, Kennedy annonce que nous enverrons un homme sur la Lune d'ici 1970, et sans cette volonté nationale et la compétition avec les Soviétiques, ça aurait pu prendre des décennies. [...] En coulisse, le gouvernement montre beaucoup d'intérêt pour le financement de la cryopréservation en général. Il existe des formes différentes, comme l'hibernation par exemple, où il s'agit simplement de ralentir le métabolisme mais sans aller en dessous de zéro. Ce qui peut être très utile pour des missions spatiales afin d'atteindre des planètes lointaines.

ELLE

Comment envisagez-vous la réintroduction de vos patients dans la société une fois ressuscités ?

MAX MORE

Je ne peux pas dire que nous ayons un plan concret à ce stade, car c'est encore loin. Il y a matière à réflexion ; cela fait partie de notre mission. Nous n'allons pas juste ressusciter les gens et les pousser dehors en leur souhaitant bonne chance. Nous allons les aider à prendre un nouveau départ. J'imagine que les premiers ressuscités auront encore des parents ou des êtres chers à même de percevoir le lien entre leurs générations et qui pourront prendre soin d'eux. Mais je crois qu'un scénario plausible serait d'être d'abord ramené à la vie dans une réalité virtuelle, car qui sait à quel point le monde aura changé ? On ne veut pas qu'ils se retrouvent face à des voitures volantes, ou autre chose encore. [...] Il y aura des difficultés à résoudre, mais ça en vaut la peine. Être mort, point final, est d'un tel ennui que je n'ai rien contre quelques défis dès lors que je peux continuer à vivre. Cela dit, ce qui rebute le plus les gens n'est pas la possibilité que cela ne fonctionne pas, mais plutôt qu'ils puissent ressusciter dans un futur où des robots nous détruisent, ou un truc du genre – ce qui n'est pas vraiment plausible, c'est de la science-fiction.

ELLE

Quelles garanties pouvez-vous leur apporter ? Comment les protégez-vous contre les abus : par exemple quelqu'un qui accèderait à leur mémoire ou voudrait les manipuler une fois ressuscités ?

MAX MORE

(il pousse un soupir)

Ce sont typiquement des scénarios de science-fiction... Bon, ma réponse serait que ces abus seront illégaux, car nos patients seront reconnus comme des personnes. Aujourd'hui, aux yeux de la loi, vous faites don de vous-même à la recherche scientifique selon l'*Uniform Anatomical Gift Act*. Autrement dit, vous devenez la propriété d'Alcor. Mais quand la compréhension de ce que nous faisons aura progressé, vous aurez des droits au même titre que n'importe quel autre individu. [...] Ce qu'est un être humain a été tellement redéfini... Quand a été réalisée la première transplantation cardiaque, les gens craignaient que le patient ne soit plus la même personne, juste parce que son cœur avait été remplacé. La société a bien changé depuis. Nous sommes déjà des cyborgs de bien des manières. Nous incorporons dans notre vie quotidienne tellement d'équipements extérieurs : nos iPhone, nos ordinateurs, nos voitures – tant de choses qui déjà nous ont augmentés par rapport aux humains d'il y a cent ans. C'est devenu une partie de nous-mêmes. Et nous l'acceptons.

ELLE

En prenant en charge la possibilité d'une vie après la mort, êtes-vous les concurrents scientifiques des religions ?

MAX MORE

Nous n'avons reçu aucune objection de la part des religions, peut-être parce que nous sommes trop petits pour qu'elles s'intéressent à nous. J'essaie toujours de défendre l'idée qu'il n'y a pas d'incompatibilité entre les croyances religieuses et ce que nous faisons. 80 ans, ça n'a rien d'impressionnant ; on mourait bien plus jeune auparavant. Nous avons déjà augmenté notre durée de vie, est-ce anormal ? Dans la Bible, les gens vivent jusqu'à 500 ou 700 ans. Aussi, même si nous devions vivre un million d'années, dans la mesure où l'on croit qu'il existe une vie après la mort et qu'elle est éternelle, qu'est-ce que ça change ? Cent ans ou même un million d'années n'est rien comparé à l'éternité ; donc ça ne compte pas vraiment.

Elle le photographie devant les thermos, il la raccompagne jusqu'à l'entrée.

**Maison 3**

ELLE

Se peut-il que, dans les thermos, vos patients plongés dans l'azote liquide à - 196 °C conservent une forme de conscience ?

MAX MORE

Non, absolument pas.

ELLE

Parce qu'il y a le cas de Pamela Reynolds, opérée d'un anévrisme géant en 1991 tout près d'ici [au Barrow Neurological Institute à Phoenix]. Pendant une partie de l'intervention, elle avait un électroencéphalogramme plat et son cerveau n'était plus irrigué par la circulation sanguine, ce qui la rendait cliniquement morte – pourtant, pendant qu'elle était inconsciente, elle a fait plusieurs observations (outils utilisés, échanges verbaux) confirmées par le personnel médical comme exactes.

MAX MORE

C'est vrai qu'il peut y avoir plusieurs niveaux de conscience. C'est d'ailleurs quelque chose qui m'inquiète toujours avec les opérations chirurgicales : comment peuvent-ils être sûrs que les patients sont complètement endormis ? Moi, ça a toujours été mon scénario cauchemar ; parce que, vous savez, ils vous donnent aussi des médicaments pour oublier. Dans le cas de cette femme, même sans aucun signe extérieur, si on lui avait fait une IRM ou un scanner du cerveau, on aurait vu, à un niveau inférieur certes, qu'il était encore actif. Mais avec nos patients la température est si basse qu'il n'y a plus aucune activité métabolique, les neurones ne fonctionnent plus, il ne se passe rien. Donc ça n'est même pas une possibilité.

**Ingénieur**

D'une part :
le *sungazing* consiste à fixer le soleil dans un but spirituel pour se « nourrir de lumière ». Comme il est reconnu que cela peut causer des dommages importants aux yeux, le *sungazing* n'est pratiqué qu'au lever ou au coucher du soleil, au moment où l'intensité

lumineuse est moindre. Pour ses adeptes, il serait possible de stocker physiologiquement de l'énergie (en convertissant l'énergie solaire en nutriment) et de diminuer sa consommation de nourriture, ainsi que de guérir toutes sortes de maladies.
https://fr.wikipedia.org/wiki/Sungazing

D'autre part:
François de La Rochefoucauld, dans *Maximes et Réflexions morales*, écrit: « Le soleil ni la mort ne se peuvent regarder fixement. »

Nonobstant:
elle voulait aller à Mount Shasta mais le temps est trop incertain. Ils rentreront de Trinity Lake plus tôt.

En définitive:
à bord de l'avion six places d'un ingénieur de la Silicon Valley, voler au-dessus de San Francisco à la fin du jour, à l'est la pleine lune, à l'ouest le soleil couchant, eux, infimes, pris dans la lumière. Impossible pour elle d'embrasser les deux astres dans un même regard; photographier l'un, c'est tourner le dos à l'autre. Elle ne sait pas encore qu'elle fera *quelque chose* de ces oscillations du renoncement, de cette séquence où chaque image semble identique à la précédente et pourtant contient assurément une part du temps qui fait basculer du jour à la nuit. Mais en enregistrant la lune, visible parce que le soleil devenu invisible

continue à l'éclairer, elle lui reconnaît d'emblée la capacité toute photographique de renvoyer en direction d'un ailleurs, un au-delà de l'œil où la lumière est irrévocable.

# IV. De la solitude de la conduite

**Sorcier**

Dans le documentaire *Hackers: Wizards of the Electronic Age* filmé lors de la première *Hacker Conference* organisée par Stewart Brand en 1984 dans un ancien camp militaire à proximité de San Francisco, Steve Wozniak, cofondateur d'Apple et concepteur des premiers ordinateurs individuels, décrit les acteurs de la révolution informatique en marche : « Ils n'ont pas tellement les habituels amis pour les distraire. D'autres activités à faire. Généralement, ils n'ont pas de petites amies. Rien de ce qui nécessiterait un engagement conséquent de leur temps. L'ordinateur est tout et absolument tout. »

**Garage**

Rouler à la recherche des *birthsites* de la Silicon Valley : les garages où l'histoire dit que sont nés Hewlett-Packard, Google, Apple.
Zones résidentielles, pelouses vertes. Se perdre.
Les trouver. Les photographier. Bon.

**Chariot 1**

*Downtown* Palo Alto. Un café bondé.
Thomas Ehrmann, anthropologue pour le constructeur automobile Renault au sein de l'open innovation Lab Silicon Valley.

THOMAS EHRMANN

J'ai fait des centaines d'entretiens où les gens déclarent : Je n'ai jamais eu de conversations aussi importantes qu'en voiture. Pourquoi ? D'une part, les deux interlocuteurs ne sont pas face à face – une situation que l'on retrouve en psychanalyse, par exemple. D'autre part, celui qui conduit ayant sa conscience focalisée sur cette activité, une partie de son inconscient est plus flottante. Il y a donc des choses qui sortent. Quand les constructeurs doivent décider comment, dans la voiture de demain sans conducteur, installer ses occupants, faut-il conserver les propriétés cathartiques de l'objet automobile ? […] On sait aussi qu'en se déplaçant on traite de l'affect et de la cognition ; regardez les *road movies*, ou encore le nombre de romans initiatiques qui reposent sur un voyage. Si les constructeurs choisissent de faire de la voiture autonome une extension de la maison – on peut dormir dès que l'on y monte –, ou une extension du bureau – on peut continuer à y travailler –, on sera privé de cet effet.

À quelques *miles* d'ici, elle est passée devant le concessionnaire automobile Peter Pan BMW.

ELLE

On est conduit au travail le matin et récupéré le soir, le dîner est livré, une application s'occupe du sommeil et une autre de faire repasser les chemises ; la voiture gagne en autonomie, et l'humain retourne en enfance ?

THOMAS EHRMANN

Pour les constructeurs, la voiture doit reconnaître son propriétaire, lui ouvrir la portière, savoir qui il est. En cela, elle vient satisfaire la toute-puissance expérimentée par le nourrisson – quand la mère donne le sein chaque fois qu'il le réclame. Au moment du sevrage, le doudou aide généralement à gérer l'angoisse de la séparation, l'enfant conservant un minimum de sentiment de contrôle : [le pédiatre, psychiatre et psychanalyste] Donald Winnicott parle alors d'objet « transitionnel » ; et aujourd'hui, il perdure chez l'adulte avec les téléphones portables. [...] Clairement, ces technologies, en donnant l'illusion que le monde est magique, qu'on peut le contrôler, visent à complaire notre narcissisme primaire.

ELLE

Pourquoi ?

THOMAS EHRMANN

Je garde en tête que la technologie élaborée ici l'est par des hommes et des femmes pour qui la technique est très rassurante. C'est pour ça que l'interactivité fonctionne bien – ils commandent un truc, le système répond tout de suite. Tout l'inverse de l'humain, tout l'inverse des rapports de séduction. […] Vous voyez, ici, tout est très normé dans les relations. Vous avez un *date*, puis un deuxième, puis un troisième… Il n'y a pas de jeu. On dirait un *process*, on dirait des lignes de code, en fait.

(il marque un silence)

Moi, je pense que c'est bon que des choses ne s'adaptent pas complètement à notre désir. Pour [le philosophe] Gaston Bachelard, quand on est face à un objet muet, vis-à-vis duquel on s'ennuie, on va lui prêter une histoire intérieure, une narration, un mystère, une profondeur ; comme au monolithe du film *2001, l'Odyssée de l'espace*, par exemple. Ce qui est impossible avec un téléphone qui vous assaille sans arrêt.

ELLE

Est-ce que cette dissonance, avec l'attention qu'elle ferait naître, peut ouvrir également à une forme de suspension, de ralentissement ? Que disent les objets technologiques de notre rapport au temps ?

THOMAS EHRMANN

La gestion du temps est une préoccupation importante de notre monde contemporain. On constate deux postures principales : la dénégation – le temps existe mais je veux le tuer – ou le déni – le temps, je ne veux pas le voir. [...] Google, avec son projet *Ara*, un téléphone à composer soi-même, par briques, proposait d'ouvrir la machine, de tripatouiller l'objet, d'avoir accès à son intériorité. En gros, c'est résister au temps en évoluant avec lui – je ne vieillis pas, car ma chair se transforme, peut bronzer quand il fait beau, s'adapte continuellement. Mais, évidemment, la chair, ça peut aussi se flétrir. Quand Apple conçoit un objet, il est voulu imputrescible. Pour Steve Jobs, l'intérieur de l'ordinateur devait être aussi aligné, aussi parfait, que l'extérieur, une structure équilibrée entre fond et forme tout en étant inaccessible. Donc, c'est simple, pour résister au temps, Apple, c'est de l'os. [...] Leur projet vise profondément à une dématérialisation de l'objet. D'ailleurs, ce sont eux qui ont initié le *cloud* [nuage]. Le cloud, c'est vraiment le truc qui ne laisse pas de prise au temps qui passe. C'est l'évanescence.

**Saint**

« Ce n'est pas en paradis que se fabriquent les saints. C'est sur terre. »

L'auteur de cette assertion est le saint catholique Joseph de Cupertino, moine franciscain italien du XVIIe siècle, dont la postérité a retenu qu'il était remarquablement peu intelligent et sujet à des lévitations miraculeuses.

Qualifié de « saint volant », il est le saint patron :
– des étudiants, surtout en période d'examens, du fait de sa providentielle accession au sacerdoce ;
– des aviateurs et astronautes, et plus généralement des voyageurs aériens, étant donné ses nombreuses élévations dans les airs ;
– de la ville de Cupertino en Californie, nommée d'après lui, qui abrite le quartier général historique d'Apple au 1, Infinite Loop.

À Cupertino ce soir, elle est à la cantine d'Apple, où, après avoir fait leur choix parmi les cuisines et plats en self-service presque tous gratuits, les employés dînent dans le jardin intérieur. Au comptoir de la caisse, un supplément de 2 dollars lui est demandé – deux billets qu'elle s'apprête à donner quand son hôte la retient : Tu ne vas quand même pas payer avec *ça* ?, avance son Apple Watch et l'invite.

Elle découvrira plus tard qu'Apple offre également à ses employés des formations par des anciens de la CIA, pour leur apprendre à ne pas trahir un secret, à ne rien révéler de leur travail, à esquiver les questions dans une conversation : jouer l'idiot marche très bien, paraît-il.

**Solitude**

Elle conduit en écoutant la voix de Marcel Duchamp. En 1968, il a dit : « Tout l'effort de l'avenir sera d'inventer, par réaction à ce qui se passe maintenant, le silence, la lenteur et la solitude » – et ces mots ne cessent d'imprégner les paysages qui défilent sous ses yeux.

**Caverne**

Vingt-septième jour sur la route.

Apprendre ce qu'est une *man cave* : dans les foyers américains, traditionnellement régis par la femme, c'est un endroit de la maison exclusivement réservé à l'homme, aménagé par et pour lui et ses amis.
La *man cave* s'établit en général dans le garage de la maison.

Shinji Eshima, compositeur et contrebassiste aux San Francisco Opera et San Francisco Ballet.

Dans sa maison sur les hauteurs de Mill Valley, il dépose sur le barbecue deux steaks de la taille de l'Amérique.

SHINJI ESHIMA

Dans notre évolution en tant qu'espèce, il est temps d'éliminer la peur de la mort. La mort est une transition. C'est comme pour le papillon, vous savez : comment la chenille pourrait-elle avoir conscience qu'au sortir de sa chrysalide elle saura voler ?

À cette idée de quitter un aveuglement, elle pense à Platon et son allégorie de la caverne, où il s'attaque à l'emprise des sens et des préjugés qui obscurcissent la vision, et qu'il faut dépasser pour accéder au savoir. Puisque la Silicon Valley est littéralement née dans des « cavernes d'hommes », elle voudrait comprendre si l'abri sombre d'un garage est l'espace de gestation inconscient d'une humanité nouvelle ou l'endroit d'une illusion prise pour la réalité.

ELLE

(encore imprégnée de philosophie occidentale)

Je ne pourrai jamais tout manger.

SHINJI ESHIMA

(retournant les steaks)

Ma grand-mère était une influente professeure de bouddhisme, l'une des premières de la côte pacifique américaine. Les USA sont en quelque sorte l'expérience inversée du bouddhisme. Ici, nous avons tendance à être tellement matérialistes, à vouloir amasser, de l'argent, des objets. Dans la pensée bouddhiste, de l'addiction aux choses, du désir de posséder, vient la souffrance. C'est le non-attachement qui permet de l'éliminer, en grande partie. En réalité, on ne peut rien posséder, pas même sa propre vie.

Maintenant, ce sont les premiers mots des « Conseils d'une chenille » qui s'invitent :

« La Chenille et Alice se considérèrent un instant en silence. Enfin la Chenille sortit le houka [pipe orientale analogue au narguilé] de sa bouche, et lui adressa la parole d'une voix endormie et traînante.

– Qui êtes-vous ? dit la Chenille.

Ce n'était pas là une manière encourageante d'entamer la conversation.

Alice répondit, un peu confuse :

– Je… je le sais à peine moi-même quant à présent. Je sais bien ce que j'étais en me levant ce matin, mais je crois avoir changé plusieurs fois depuis.

– Qu'entendez-vous par là ? dit la Chenille d'un ton sévère. Expliquez-vous.

– Je crains bien de ne pouvoir pas m'expliquer, dit Alice, car, voyez-vous, je ne suis plus moi-même.
– Je ne vois pas du tout, répondit la Chenille.
– J'ai bien peur de ne pouvoir pas dire les choses plus clairement, répliqua Alice fort poliment ; car d'abord je n'y comprends rien moi-même. Grandir et rapetisser si souvent en un seul jour, cela embrouille un peu les idées.
– Pas du tout, dit la Chenille.
– Peut-être ne vous en êtes-vous pas encore aperçue, dit Alice. Mais quand vous deviendrez chrysalide, car c'est ce qui vous arrivera, sachez-le bien, et ensuite papillon, je crois bien que vous vous sentirez un peu drôle, qu'en dites-vous ?
– Pas du tout, dit la Chenille.
– Vos sensations sont peut-être différentes des miennes, dit Alice. Tout ce que je sais, c'est que cela me semblerait bien drôle à moi.
– À vous ! dit la Chenille d'un ton de mépris. Qui êtes-vous ?
Cette question les ramena au commencement de la conversation.
Alice, un peu irritée du parler bref de la Chenille, se redressa de toute sa hauteur et répondit bien gravement :
– Il me semble que vous devriez d'abord me dire qui vous êtes vous-même.
– Pourquoi ? dit la Chenille. »

Chapitre v, *Alice au Pays des Merveilles*, Lewis Carroll, 1865

ELLE

(allumant une cigarette)

Quel est le sens de la vie ?

Il s'installe au piano.

SHINJI ESHIMA

Le voici (piano)… Pourquoi *ré* majeur ? Bach aimait le *ré*. Il représentait essentiellement Dieu (piano). *Ré* majeur est composé de deux autres notes (piano). Dans la généalogie des compositeurs, *fa* dièse était la note de l'amour. La quinte de *ré* majeur (piano) est *la* majeur (piano). Donc, pour moi, le sens de la vie, *ré* (piano), est une combinaison de *fa* dièse, l'amour (piano), et de *la*, la vérité. Ainsi, en quelque sorte, il représente la vérité absolue et l'amour absolu. Ça ressemble à (piano), et ça veut dire que le sens de la vie ne va pas vous être donné, mais vous pouvez le ressentir (piano). Il est une résonance faite d'amour et de vérité. Je veux dire, une vraie vérité (piano), qui est la quinte de *ré* majeur (piano)… Les gens vivent leur vie comme une mélodie, comme une seule ligne (piano). Mais quand vous ajoutez l'harmonie (piano), vous incorporez la vie individuelle dans l'Univers (piano), elle devient une vie modulée par *fa* dièse (piano), vous pouvez ajouter l'amour (piano), et ajouter le *fa* majeur, et alors cela devient la joie (piano). Parfois, l'amour peut être triste (piano), c'est *ré* mineur (piano). Avec *ré* majeur, tout finit par revenir à l'amour (piano)… Voilà, le sens de la vie, en abrégé !

L'horizon rougeoie.
Elle finit son assiette avant lui.

**Chenille**

Pour devenir papillon, une chenille commence par se digérer. Mais certains groupes de cellules survivent, se transformant en yeux, ailes, antennes et autres structures adultes.

https://www.scientificamerican.com/article/caterpillar-butterfly-metamorphosis-explainer/

**Cheveux**

« Ce qui manque aux paysages américains, […] [c'est] le fait que sur eux la main de l'homme n'a pas laissé de traces. Ce n'est pas seulement qu'il n'y a guère de champs labourés et que les bois n'y sont souvent que des taillis non défrichés ; ce sont surtout les routes qui donnent cette impression. Elles coupent le paysage sans jamais aucune transition. Plus on les a tracées larges et plates – moins leur chaussée luisante semble à sa place dans cet environnement d'une végétation trop sauvage et plus elle semble lui faire violence. Ces routes n'ont pas d'expression. On n'y voit nulle trace de pas ni de roues, entre elles et la végétation il manque la transition d'un chemin de terre meuble qui les longe et il n'y a pas non plus de sentiers partant latéralement vers le fond de la vallée : il leur manque ainsi cette douceur apaisante et ce poli qu'ont les choses où la main et les outils qui la prolongent directement ont fait leur œuvre. De ces paysages, on serait tenté de dire que personne ne leur a passé la main dans les cheveux. Ils sont inconsolés et désolants. À cela répond aussi la façon dont on les perçoit. Car, à la vitesse de la voiture, l'œil ne peut conserver ce qu'il ne fait qu'apercevoir au passage et qui disparaît ainsi sans laisser de traces, tout comme il ne laisse lui-même aucune trace. »

*Minima Moralia. Réflexions sur la vie mutilée*, Theodor W. Adorno, 1953

**Labyrinthe**

Se garer au croisement d'une rue en pente.

Sur les ruines de Grace Church, fondée à San Francisco au temps de la ruée vers l'or, s'élève aujourd'hui Grace Cathedral, connue notamment pour abriter parmi les anges sur vitraux Einstein et sa formule $E = mc^2$. Chaque semaine, la cathédrale prête aux yogis le sol de sa nef orné d'un labyrinthe calqué à l'identique sur celui de Notre-Dame de Chartres, symbole voué depuis le Moyen Âge à être parcouru pour méditer le passage de la mort à la vie éternelle.

Ici, on pose une question en entrant, et on a la réponse en arrivant au centre, *and it works !* dit son voisin allongé sur l'un des matelas disposés en cercle recouvrant le pavement.

Elle se rappelle le motif d'un homme dans un labyrinthe qu'elle a photographié sur les grilles de la mission San Xavier, une église bâtie au XVIII^e^ siècle au sud de Tucson en Arizona sur les terres du peuple Tohono O'odham.

À la fin du cours, elle interroge son téléphone portable : Ce personnage est appelé Se:he ou I'Itoi (Big Brother) dans la langue Tohono O'odham. Il est représenté au sommet d'un labyrinthe, et est souvent mentionné comme *Man in the Maze*. Pour les Tohono O'odham, il représente le parcours de vie. À chaque croisement, à chaque choix fait, l'homme augmente la connaissance de lui-même et son accomplissement. Au milieu, il trouve ses rêves et ses objectifs. En son centre, il a une dernière occasion de revenir sur ses choix et son chemin avant de passer dans l'au-delà.
https://sanxaviermission.org/tohono-oodham-nation

Puisqu'il existe deux mots différents pour décrire une série complexe et déroutante de voies, elle demande ce qui distingue le *labyrinth* du *maze*.

Elle lit :
*The difference between mazes and labyrinths is that labyrinths have a single continuous path which leads to the centre, and as long as you keep going forward, you will get there eventually. Mazes have multiple paths which branch off and will not necessarily lead to the centre. In a maze, you can get lost, but in a labyrinth, you can't.*

https://www.english-heritage.org.uk/visit/inspire-me/blog/blog-posts/whats-the-difference-between-a-maze-and-a-labyrinth/

Google traduit :
La différence entre les labyrinthes et les labyrinthes est que les labyrinthes ont un seul chemin continu qui mène au centre, et tant que vous continuez à avancer, vous y arriverez. Les labyrinthes ont de multiples chemins qui bifurquent et ne mèneront pas nécessairement au centre. Dans un labyrinthe, vous pouvez vous perdre, mais dans un labyrinthe, vous ne pouvez pas.

**Expérience**

Elle bifurque et surprend son GPS.

Improviser une randonnée dans le Red Rock Canyon pour voir des pétroglyphes [dessins symboliques gravés sur des rochers] de 800 ans.

Il fait exagérément chaud quand elle ouvre sa portière. Elle hésite. Elle entend quelques voix, ce n'est pas très loin, elle y va. Elle doit être maintenant au bon endroit ; mais rien. Elle scanne de l'œil les roches alentour : toujours rien. Elle fait un pas de côté et aperçoit comme un petit 8 barré. Les autres traces, cachées derrière un arbre et d'ici seulement visibles, la surprennent. On dirait un bateau (un trois-mâts), une ancre – c'est peu probable.

Un chien suivi d'un couple arrivent, à la recherche des pétroglyphes. Eux aussi regardent et ne voient rien. Elle s'apprête à leur indiquer où diriger leurs yeux. Elle se ravise, veut tenter l'expérience : peut-on faire tout ce chemin, venir dans ce lieu du bout du monde sous 120 °F [49 °C], arriver au fond de ce canyon asséché – et manquer sa cible ? Ils repartent. *Oops.* S'ils lui avaient posé la question, elle leur aurait montré.

# V. Voyager

**Zone**

Longer la zone grillagée sur des kilomètres.
Quarante-deuxième jour sur la route.

L'Area 51 est une aire géographique au Nevada englobant autour de Groom Lake une base militaire dite secrète. Le gouvernement américain reconnaît son existence, mais ne se prononce pas sur ce qui y est fait, et le complexe de Groom Lake n'apparaît sur aucune carte officielle. La confidentialité des programmes de recherche en aéronautique ainsi que certains rapports de phénomènes inhabituels (observations d'ovnis déclassifiées par la CIA) ont amené l'Area 51 au centre de diverses hypothèses conspirationnistes suggérant des relations entre l'armée américaine et des extraterrestres. Une théorie veut également que le programme Apollo [programme spatial de la NASA visant à envoyer des hommes sur la Lune, 1961-1972] soit une supercherie et que l'Area 51 soit l'endroit où aurait été filmé l'atterrissage sur la Lune de 1969.

À Mercury, elle tente d'approcher. Les panneaux du point d'accès surveillé à une route rectiligne qui s'enfonce dans le désert sont clairs : Toute photographie est interdite, et : L'usage de la force pouvant entraîner la mort est permis.

Longer la zone grillagée sur des kilomètres.

**Disque**

En 1977, la NASA opère le lancement dans l'espace de Voyager 1 et Voyager 2, deux sondes ayant pour objectif d'étudier le système solaire, ses confins, et au-delà.

Sur chacune est fixé le *Voyager Golden Record*, un disque en cuivre plaqué or d'environ trente centimètres de diamètre, protégé par un couvercle sur lequel est gravé un schéma expliquant symboliquement son mode d'emploi. Il est accompagné du stylet nécessaire à sa lecture et d'une source d'uranium 238 devant permettre de déterminer le temps écoulé depuis le lancement.

Un an auparavant, la NASA avait confié à l'astronome américain Carl Sagan la présidence d'un comité chargé de créer un message inaltérable et universel qui pourrait être compris par une intelligence extraterrestre – une sorte de capsule temporelle destinée à communiquer une histoire du monde humain.

Sagan et ses associés ont ainsi rassemblé cent quinze images, essentiellement photographiques, des bruits de la nature ou d'animaux, des musiques issues de différentes cultures et époques, ainsi que des messages de bienvenue prononcés par des Terriens dans cinquante-cinq langues ; tous éléments gravés sur le *Voyager Golden Record*.

Le disque se conclut par un communiqué officiel de Jimmy Carter, président des États-Unis :
« Cette sonde spatiale Voyager a été construite par les États-Unis d'Amérique. Nous sommes une communauté de 240 millions d'êtres humains parmi plus de 4 milliards qui habitent la planète Terre. Nous, les êtres humains, nous sommes encore divisés en États-nations, mais ces États vont rapidement devenir une seule civilisation globale.
Nous lançons ce message dans le cosmos. Il est probable qu'il survive un milliard d'années dans notre futur, quand notre civilisation aura été profondément modifiée et la surface de la Terre grandement transformée. Parmi les 200 milliards d'étoiles de la Voie lactée, quelques-unes – peut-être plus – peuvent abriter des planètes habitées et des civilisations voyageant dans l'espace.
Si une telle civilisation intercepte Voyager et peut comprendre les contenus enregistrés sur le disque, voici notre message :
"Ceci est un présent d'un petit monde éloigné, un aperçu

de nos sons, de notre science, de nos images, de notre musique, de nos pensées et de nos sentiments. Nous essayons de survivre à notre temps de sorte que nous puissions vivre un peu dans le vôtre. Nous espérons un jour, ayant résolu les problèmes auxquels nous faisons face, rejoindre une communauté de civilisations galactiques. Ce disque représente notre espoir, notre détermination et notre bonne volonté dans un Univers vaste et impressionnant." »
https://fr.wikipedia.org/wiki/Voyager_Golden_Record

Il n'est pas fait mention des voix opposées à l'envoi du *Voyager Golden Record*, inquiètes qu'il ne dévoile les trésors de la planète Terre et sa localisation précise face au risque d'éventuels visiteurs extraterrestres malintentionnés.

Toujours en activité et aujourd'hui à plus de 23 milliards de kilomètres de la Terre, Voyager 1 et 2 sont les objets humains les plus lointains, et les seuls vaisseaux spatiaux à avoir atteint, depuis 2012 et 2018, l'espace interstellaire, au-delà du domaine d'influence du Soleil.

Elle avance dans les cent quinze images retenues – peut-être les seules traces restantes de l'humanité longtemps après sa disparition. Devant la photographie en contre-jour du pont du Golden Gate où le ciel a été rehaussé d'un « 1 280 m » entre deux traits verticaux marquant les deux piles de l'édifice, elle voudrait bien pouvoir sortir d'elle-même, dépouiller entièrement son regard de ses connaissances d'humaine, pour saisir ce qu'un spectateur extraterrestre pourra comprendre de ses expéditeurs – que pourra-t-il même *voir*?

Quand elle retrouvera dans ses notes ces mots inscrits au sortir d'un rêve : On me fait comprendre que l'identité est comme un trait noir vertical au-dessus de chacun de nous, elle leur ajoutera : ?

**Bille**

Première planète découverte grâce au télescope inventé à l'époque moderne, Uranus a été photographiée par la sonde spatiale Voyager 2. Les images montrent une sphère presque sans relief à la lumière visible, et, avec son axe de rotation pratiquement dans son plan de révolution autour du Soleil, elle semble « rouler » sur son orbite comme une bille d'ivoire lancée sur le plateau d'une roulette de casino à Las Vegas.

**Oracle**

Dans le désert de Sonora, un embranchement pointe Tucson à droite, Oracle à gauche. Oracle ce sera – le chemin qui mène vers Biosphère 2.

Sous l'immense dôme de verre posé dans le paysage, les grands arbres semblent vouloir pousser les carreaux qui les isolent de l'extérieur.

Considérant que la Terre est Biosphère 1, Biosphère 2 est le plus grand système écologique fermé jamais construit, avec sa superficie de 1,27 hectare. Lors de sa mise en service en 1991, 3 800 espèces de la flore et de la faune sont présentes, et différents milieux artificiellement reconstitués : une forêt tropicale humide – sur sa porte, toujours le panneau : *Rainforest.* Veuillez garder la porte fermée en permanence –, un océan avec sa barrière de corail, une mangrove, une savane, un désert. S'y trouvent également un terrain réservé à l'agriculture, un habitat humain avec ses quartiers privés et ses lieux de travail, un étage de longs boyaux souterrains pour les installations techniques. En fin de visite, l'objectif principal de Biosphère 2 est rappelé : évaluer la faisabilité de l'implantation de systèmes identiques pour la colonisation spatiale.

Pour ses initiateurs – John Allen, ingénieur et aventurier, et Edward Bass, milliardaire texan, réunis dans une communauté du Nouveau-Mexique –, ce projet était « le plus excitant depuis le lancement par le président Kennedy de la nouvelle frontière spatiale ». Pour Matt Wolf, documentariste américain, il est l'émanation d'un groupe de hippies de San Francisco passionnés par le roman inachevé de René Daumal :

« [Biosphère 2] transpose à la lettre *Le Mont Analogue* : la création d'un monde qui n'existe sur aucune carte, l'utopie collective, l'esprit de conquête, la fin brutale, tout y est, ou presque. »

https://fr.wikipedia.org/wiki/Biosphère_II

Elle, elle pense à Tiziana, tireuse de tarot rencontrée à San Francisco, venue d'Italie en Californie pour étudier la macrobiotique. Elle lui avait dit que sur la présence des séquoias géants uniquement dans cette partie du monde son professeur avait une théorie : la composition particulière du sol, ses sels minéraux, couplée au fait qu'il n'y a pas d'hiver rigoureux comme à l'Est, donne une énergie de croissance constante, à même d'être captée par les arbres, et par les humains également. Seulement, les choses qui poussent rapidement ont aussi tendance à mourir très vite, *that's nature, right?* avait remarqué la cartomancienne. Mais, avant de disparaître, ce qui a été développé se déplace et peut s'ancrer ; le New Age et d'autres nouvelles idées sont d'abord nées sur la côte Ouest des États-Unis, avait ajouté Tiziana.

Le 26 septembre 1991, huit scientifiques, médecins et chercheurs, âgés de 26 à 66 ans et habillés de combinaisons rouges, entrent dans Biosphère 2 devant un large public, pour ce qui est appelé « leur voyage » : vivre deux ans en autarcie totale dans un dôme scellé. Après un début assez prometteur, la diminution incompréhensible du niveau d'oxygène qu'ils ne parviennent pas à enrayer entraîne la mort de la plupart des animaux vertébrés. Certains membres de l'équipe tombent malades. Il est alors décidé d'introduire de l'oxygène – et en catimini de la nourriture supplémentaire car ils sont affamés –, ce qui divise l'équipe, et finit de faire perdre toute crédibilité à la mission scientifique. En 1994, une seconde mission est lancée, mais des dissensions entraînent sa fin prématurée au bout de six mois.

https://fr.wikipedia.org/wiki/Biosphère_II

Échec scientifique, Biosphère 2 est en revanche un vrai succès commercial, près de 450 000 visiteurs payants étant venus observer depuis l'extérieur ses habitants, faisant du site expérimental la deuxième attraction de l'Arizona après le Grand Canyon – et un précurseur de la télé-réalité type *Big Brother* ou *Loft Story*, son adaptation française.

Éclairs au loin, ciel noir, montagnes noires.
Se hâter de reprendre la route.

Ce soir, au Congress Hotel de Tucson, après : Salade César, truite, tarte au citron meringuée – le meilleur repas depuis mon arrivée aux USA, elle note : J'ai interrogé la serveuse sur les lettres majuscules tracées dans le paysage que j'ai vues çà et là depuis la route. De cette façon de prendre la montagne la plus haute pour écrire dessus, elle a dit : C'est l'initiale de la ville la plus proche, voilà tout. C'était si évident que je n'ai pas pensé à demander pourquoi.

**Pierre**

Dans la Vallée de la Mort, il y a un endroit reculé où des rochers se déplacent tout seuls, marquant leur avancée par de longs sillons sur le sol.

Longtemps resté un phénomène inexpliqué, des chercheurs américains ont finalement percé le mystère de ces pierres aventureuses. Ayant équipé des rochers factices d'un système GPS en 2011, et venant deux ans plus tard en hiver changer leurs batteries, ils ont été surpris de trouver un lac gelé recouvrant partiellement le site. La glace commençant à fondre, ils ont eux-mêmes été témoins de la formation de longues traînées laissées par des morceaux de roche, et ont ainsi pu découvrir que le voyage des pierres nécessite une rare combinaison d'événements : la formation d'une fine couche de glace, qui, pendant les périodes de vent léger, se brise en minces panneaux flottants, créant une poussée à même de déplacer les rochers en inscrivant des traces sur le sol boueux. Leur dernière mobilité suspectée remontant à 2006, les roches ne peuvent donc se déplacer qu'environ un millionième du temps, ont déclaré les scientifiques ; une vidéo des pierres en mouvement a tout de même pu être réalisée.

Elle veut y aller mais les Rangers l'en dissuadent : avec cette chaleur, le risque de crevaison, pas de 4 × 4, pas de réseau cellulaire, seule ? Non.

# VI. Une météorite en poche

**Amoureux 1**

Mountain View, Silicon Valley, Californie, États-Unis d'Amérique, Terre.

Arriver en avance au SETI Institute (Search for Extra-Terrestrial Intelligence Institute). Il regroupe des projets scientifiques visant à la recherche et la compréhension de la vie au-delà de la Terre, notamment grâce à un réseau de soixante-quatre antennes qui écoutent en permanence le ciel.

Franck Marchis, astronome, planétologue, homonyme de l'astéroïde 6639 nommé en son honneur.

FRANCK MARCHIS

L'objectif du SETI est d'affiner les paramètres de l'équation de Drake, qui estime le nombre potentiel de civilisations extraterrestres avec lesquelles nous pourrions entrer en contact : le nombre d'étoiles qui se forment annuellement dans notre galaxie, multiplié par la fraction de ces étoiles qui ont des planètes, multiplié par la fraction de ces planètes qui pourraient avoir de la vie, multiplié par la fraction de planètes qui ont de la vie, multiplié par la fraction de planètes qui ont une vie intelligente, multiplié par la fraction de ces planètes qui sont capables de communiquer, multiplié par L qui est la durée de vie moyenne en années d'une civilisation technologique.

ELLE

Pardon mais que cherche-t-on quand on cherche « la vie » ?

FRANCK MARCHIS

Ah ! Ça peut être chercher les choses exactement comme la Terre (la présence d'eau, de chlorophylle, de méthane, de carbone, d'oxygène), le modèle anthropocentrique, un miroir en quelque sorte, ou aussi travailler des modèles beaucoup plus complexes envisageant d'autres biosphères.

(il s'interrompt)

Vous connaissez la théorie de la panspermie ? Une hypothèse sur l'apport de molécules constituantes de la matière organique depuis l'espace, par les comètes et les météorites notamment, qui permettrait d'expliquer leur présence sur Terre et ainsi la formation d'êtres vivants comme nous.

ELLE

Donc ça voudrait dire que la vie…

FRANCK MARCHIS

… vient de l'espace. Et alors que la vie peut être partout dans la galaxie. À la condition de la présence de liquide sur une planète, si des molécules complexes arrivent, la vie peut apparaître – c'est le fameux paramètre $f_l$. Seulement on ignore par quelle combinaison. C'est vraiment le grand mystère actuellement.

Quand il lui rend son carnet de notes où elle lui a demandé d'inscrire l'équation formulée par Frank Drake, elle lit : $N = R_* \times f_p \times n_e \times f_l \times f_i \times f_c \times L$

ELLE

La vie extraterrestre est-elle une réalité scientifique ?

FRANCK MARCHIS

Il y a tellement de planètes dans l'Univers que c'est juste impossible qu'il n'y ait pas de vie extraterrestre. Maintenant, une vie extraterrestre intelligente, c'est autre chose. Notre intelligence, je pense que c'est une condition extrêmement rare, issue d'une évolution complexe. Et, pour moi, elle vient de notre inadaptation à la Terre, qui nécessite que l'on construise des objets, des outils, des maisons ; sinon, on resterait comme les gorilles, les dauphins et les baleines à bosse, on vivrait heureux dans notre environnement sans l'affecter.

(il avance dans les couloirs du SETI)

L'évolution, c'est comme un arbre, vous voyez : il y a des ramifications qui mènent aux gorilles, aux dauphins et aux baleines à bosse, et puis il y a un chemin bizarre qui va conduire vers cette sorte de vie inadaptée dite intelligente : l'espèce humaine. Et cette voie-là, je me demande si elle est vraiment viable ; est-ce que c'est quelque chose qui va durer ?

Devant l'affiche du film *Contact* installée sur l'un des murs, il dit que le début de l'histoire s'inspire du SETI Institute, avec sa directrice Jill Tarter personnifiée par Jodie Foster.

**Amoureux 2**

ELLE

L'être humain court-il, selon vous, à son extinction ?

FRANCK MARCHIS

Je pense à mes enfants. Il est possible que l'on passe le point de singularité [hypothèse selon laquelle l'invention de l'intelligence artificielle déclencherait un emballement du développement technologique qui aurait des conséquences imprévisibles pour les humains, notamment leur obsolescence au regard des machines] quand ils seront encore jeunes. Que vont-ils pouvoir apporter pour avoir un rôle ? Comment les préparer ? Cette question, je me la pose tous les jours. [...] Parce qu'on est aussi de plus en plus nombreux, on consomme toujours plus, et la Terre est un monde fixe – il va forcément falloir que l'on aille dans l'espace. Mais en étant biologique, on ne va pas pouvoir aller bien loin. Il y a une raison physique qui fait qu'on ne peut pas atteindre Alpha Centauri, le système stellaire et planétaire le plus proche de nous, en moins de cent ans. [Avec les technologies existantes, telles que mises en œuvre sur les sondes Voyager, presque quatre vingt mille ans seraient nécessaires. Le projet à l'étude Breakthrough Starshot, piloté par l'entrepreneur Iouri Milner, le fondateur et P-DG de Facebook/Meta Mark Zuckerberg, et, jusqu'à sa mort en 2018, le cosmologiste Stephen Hawking, promet lui quelques dizaines d'années. Il consisterait en un vaisseau spatial miniature équipé d'une immense voile solar qui serait poussée depuis la Terre par un laser à très haute puissance pour voyager à 15-20 % de la vitesse de la lumière. De son côté, la Nasa a annoncé viser 2069, soit un siècle exactement après Apollo 11, pour l'envoi d'une sonde vers Alpha Centauri.]

Peut-être alors que dans notre arbre de l'évolution des espèces il y aura un nouvel embranchement. Quand on aura créé une machine aussi intelligente que nous, elle comprendra rapidement que l'espèce biologique qu'il faut nourrir, faire respirer, cajoler en plus, pour pouvoir l'envoyer dans l'espace, elle n'en a pas vraiment besoin. Alors soit elle nous éliminera, soit elle nous assimilera. Je pense plutôt à une assimilation progressive. On va commencer par remplacer nos membres par des objets technologiques, et, aux volontaires pour aller dans l'espace, on va dire : Bah, on va transférer votre conscience dans une machine, et vous allez voyager, et quand vous arriverez à votre destination dans quatre cents ans on vous créera un corps pour que vous puissiez vous déplacer. C'est de la science-fiction, mais la science-fiction est en train d'arriver. [...] Ma vision personnelle est que la seule façon d'étendre le L de l'équation de Drake, d'allonger la durée de vie de notre civilisation, est que nous devenions une civilisation non plus biologique mais basée sur la mécanique et l'informatique ; une civilisation-machine, une civilisation du silicium. Et alors on pourra voyager partout.

(une porte s'ouvre)

C'est Frank. Il revient d'un *Facebook live* sur le *Voyager Golden Record*. Il faisait partie de la commission de la NASA chargée de sélectionner les éléments gravés sur le disque.

ELLE

Vous croyez que Mr Drake accepterait que je le photographie ?

**Planète**

Note pour elle-même : Transformer le cercle chromatique en sphère, faire de la représentation ordonnée et conventionnelle de la portion du spectre électromagnétique perceptible par l'humain un monde en soi. Sur un fond noir – l'Univers aveugle à nos yeux du spectre électromagnétique qui s'étend en réalité sans rupture de zéro à l'infini –, la *Planète du Visible*, un globe circonscrit flottant dans l'immensité de notre inconnaissance.

**Cratère**

Vingt et unième jour sur la route.
Aujourd'hui, celle qui porte le numéro 66, l'héritière du chemin emprunté en 1857 par l'expédition d'Edward Fitzgerald Beale vers l'ouest, qui cherchait à tracer une voie d'accès vers la Californie.

1 400 mètres de diamètre, 170 mètres de profondeur, le Meteor Crater est l'impact géant d'une météorite

ayant percuté la Terre il y a environ 50 000 ans – la chaleur et le souffle engendrés par la collision dans un rayon de quatre kilomètres ayant probablement détruit instantanément toute forme de vie.

Aux visiteurs qui comme elle ont fait le chemin jusqu'à cette plaine de l'Arizona, seule une terrasse est accessible, avec des longues-vues fixes pour bien regarder là où cela a été décidé. L'une d'elles pointe un mannequin en combinaison spatiale, isolé dans la courbe. Dans les années 1960, la NASA a entraîné dans le Meteor Crater les astronautes de ses missions Apollo à destination de la Lune.

Elle a envie de courir au fond du cratère.

**Force 1**

Traverser le Bay Bridge depuis San Francisco.
À l'angle d'une rue d'Oakland, une salle de concert aux balustrades de bois.

Elle cherche Rich Lee. Il prépare son talk du lendemain à la conférence *Biohack the Planet* qui se monte au rez-de-chaussée.

ELLE

Vous êtes un *grinder* – qu'est-ce que c'est ?

RICH LEE

C'est un biohacker qui se focalise sur lui-même : le projet est soi-même, son propre corps. Ça vient de *grinding*, quand un joueur joue encore et encore au même jeu vidéo, répétant sans cesse les étapes en vue d'améliorer son personnage.

ELLE

Donc vous êtes un genre de cyborg ?

RICH LEE

C'est un peu un raccourci, mais bon, j'ai implanté des écouteurs dans mes oreilles en 2013, j'ai aussi des aimants dans mes doigts – ce qui est d'ailleurs généralement la première modification que réalise un *grinder*. Les doigts sont très riches en nerfs, et quand on introduit l'aimant, ils se régénèrent. Ensuite, comme il réagit à un champ magnétique ou un dispositif électronique à proximité, vous le ressentez, comme une texture. Avec la technologie, les champs magnétiques sont tout autour de nous dans nos vies modernes, mais nos corps sont ceux des hommes des cavernes, ils sont encore très primitifs. Cet aimant permet en quelque sorte d'acquérir un nouveau sens. Sinon, ça reste un monde invisible.

ELLE

J'ai une météorite dans mon sac ; on essaie ?

Ils tentent de l'aimanter au doigt de Rich Lee, sans succès.

ELLE

Trouvez-vous que notre corps d'humains nous limite ?

RICH LEE

J'aime l'idée d'être fluide, d'avoir le choix. Et je combats aussi un éventuel concept de surhomme dans la tête des gens, qui voudraient tous ressembler à des dieux grecs ou quelque chose comme ça. Je suis très opposé à la perspective que dans le futur il n'y ait qu'une seule chose légale, un pack unique, un seul type d'amélioration, que tout le monde essaie de ressembler au même modèle. Pour moi, le but ultime est de pouvoir rendre son existence élective. Que la biologie ne soit pas subie, mais quelque chose sur quoi vous agissez, que la décision d'être tel que vous êtes vous appartienne.

Demain, choisir d'être homme ou femme, noir ou blanc, gros ou maigre, musclé ou malingre. Et tous les autres possibles, avec deux yeux ou plus.

RICH LEE

Vous connaissez la hiérarchie des besoins de Maslow ? C'est comme une pyramide. La base est constituée des besoins physiologiques, l'air, la nourriture, l'eau, ce qui est nécessaire à la vie. Au-dessus, il y a la sécurité, puis l'amour, l'estime, et enfin l'accomplissement de soi. Si les besoins physiologiques ne sont pas satisfaits, une personne est capable de mettre sa vie en péril – tout être humain est à soixante-douze heures de commettre un meurtre s'il n'a pas d'eau, vous savez. [...] On pourrait envisager des moyens de substitution, des options biologiques pour réduire certains besoins. La lumière du soleil serait à même de devenir une source d'énergie partielle moyennant quelques modifications génétiques. En gros, on ajoute un gène à une cellule qui fait se développer dans les mitochondries une protéine sensible à la lumière, appelée rhodopsine, et on a des personnes alimentées par le soleil.

**Force 2**

ELLE

Selon vous, l'intelligence artificielle constitue-t-elle également un outil au service de l'humain pour l'augmenter ?

RICH LEE

Si j'étais une IA, les humains seraient comme des

fourmis, je ne vois vraiment pas pourquoi je m'y intéresserais – hormis le fait qu'ils seraient mes sens, parce que tout le monde a un téléphone et une caméra, et que chaque fois qu'il se passe quelque chose, c'est sur YouTube. Si j'étais une IA, les humains ne me seraient utiles que parce qu'ils seraient mes yeux et mes oreilles.

ELLE

Si l'on passe le point de singularité, ce moment où l'intelligence artificielle sera plus puissante qu'un cerveau humain et une potentielle menace, en tant que cyborg serez-vous dans le camp de l'intelligence artificielle ou dans celui des humains ?

RICH LEE

Je serai… Je pense… C'est une bonne question. Cela dépend de la situation. Si les humains faisaient des choses terribles et que l'IA était en guerre contre eux, je pourrais être du côté de l'IA, vous savez. Mais je ne suis pas non plus un patriote inconditionnel de l'IA. J'aurai à décider le moment venu.

Elle photographie les zones corporelles de ses *upgrades* : sa main, son oreille.
Elle apprend qu'il projette de se faire implanter un vibrateur dans le pénis.
Elle appelle un Uber.

Face à elle, un homme en casquette. Dans l'arrière-cour de la Red's Java House accolée au parking au bord de l'eau où elle a garé sa voiture, un microphone est posé sur la table.

RANDAL KOENE

D'un point de vue technique, vous pouvez envisager le monde entier comme un ensemble d'éléments en interaction : des atomes en interaction, des mécanismes en interaction, des processus cognitifs qui interagissent avec ceux d'autres personnes. On peut aussi tracer une frontière quelque part et dire : voici ma boîte, la boîte noire que je vais délimiter. [...] Dans mon champ de travail, si nous pouvons capturer ce qui se trouve dans cette boîte, l'émuler à l'identique ou selon un critère de réussite, le remettre dans son cadre de sorte qu'il se connecte et interagisse toujours avec ce qui l'entoure, alors nous aurons gagné.

ELLE

En tant que directeur scientifique de 2045 Initiative [organisation dont l'objectif est la prolongation de la vie reposant sur le transfert de l'esprit d'un cerveau humain à un ordinateur, fondée par l'entrepreneur russe Dmitry Itskov], la frontière de cette boîte noire étant celle d'une identité individuelle, où la placez-vous ?

RANDAL KOENE

La seule réponse honnête à cette question est qu'il n'y a pas de ligne spécifique en tant que telle. Il y a un critère de réussite très personnel, ce que vous essayez de capturer étant la chose que vous pensez être nécessaire, qui varie forcément d'un individu à l'autre. [...] Si l'on veut être minimaliste, on peut regarder quelqu'un comme Stephen Hawking [atteint de la maladie de Charcot] et considérer qu'il s'agit bien d'une personne à part entière même si son corps ne fonctionne pas. Mais pour l'acrobate ou le pianiste, ce serait comme s'il leur manquait une partie d'eux-mêmes. Ici, il devient donc crucial d'avoir aussi un corps, qu'il soit physique, virtuel, ou constitué d'une autre matière qui permet autant de sens, voire plus. Ce qui nous ramène à ce qui, pour moi, est l'essence même de ce projet : comment dépasser nos limites actuelles ? Bien sûr, elles proviennent de ce que l'espèce humaine est optimisée pour vivre et se reproduire facilement dans ce monde spécifique, c'est-à-dire que l'énergie que nous devons dépenser pour y survivre est minime. Mais, avec le temps, les situations évoluent, nous changeons notre environnement, nous construisons même d'autres intelligences. Et il n'y a aucune garantie que l'espèce humaine soit parfaitement adaptée à ce nouveau monde. Ce serait vraiment dommage que les seules choses qui perdurent sur Terre soient des bactéries, ce serait vraiment barbant. [...] Si l'humanité veut rester pertinente, nous devons nous adapter, et aussi être capables de bénéficier de cette technologie en fusionnant avec nos propres inventions.

ELLE

Alors, serons-nous encore humains ?

RANDAL KOENE

Sommes-nous encore des humains comparés aux chasseurs-cueilleurs d'antan, avec nos téléphones portables, nos voitures, notre préoccupation du temps ? Je le suppose, en un sens, parce que nous en sommes le plus proche dérivé. On pourrait alors dire que nous allons prendre ce que nous chérissons le plus dans l'humain, que nous allons essayer de le préserver, et que nous continuerons ainsi à nous appeler « humains », même s'il s'agit d'une branche différente, une humanité plus évoluée ou guidée. Mais quels seront vos critères de réussite pour déterminer si nous sommes « encore humains » ? Toute définition implique des critères. Il s'agit toujours de faire des choix.

Sur lesquels je suis sûr que nous ne sommes pas tous d'accord.

**Intelligence**

De l'origine de l'intelligence.

Du moyen anglais *intelligence*, du vieux français *intelligence*, du latin *intelligentia* (faculté de percevoir, compréhension, intelligence), dérivé de *intellĕgĕre* (discerner, saisir, comprendre), composé du préfixe *inter-* (entre) et du verbe *lĕgĕre* (cueillir, choisir, lire). Étymologiquement, l'intelligence consiste à faire un choix, une sélection. Également attesté en latin médiéval au sens de « bonne entente, commun accord » et « être spirituel, ange ».

https://fr.wiktionary.org/wiki/intelligence
https://www.cnrtl.fr/etymologie/intelligence

**Ermite 1**

Suivre l'US-101 South jusqu'à la Silicon Valley.
Au feu rouge, une femme au volant d'une Ferrari, un siège bébé à la place du passager.

Des écureuils, un rond-point, et sur les murs du Gates Computer Science Building une plaque de laiton qui célèbre la naissance d'Internet à cet endroit même de l'Université Stanford et du monde.

Au Stanford Artificial Intelligence Laboratory, Kian Katan, maître de conférence pour les algorithmes d'apprentissage profond, dessine pour elle des schémas sur le tableau blanc.

KIAN KATAN

On veut qu'une machine puisse reconnaître les chats. On lui montre la photo d'un chat, elle va dire un truc au hasard. Si elle dit 0 (pas de chat) et que c'était 1 (chat), on va lui dire : Erreur. Cela s'appelle une *backpropagation* ; on lui tape sur les doigts, et elle va s'améliorer. En fait, cette erreur est la différence entre la prédiction et la réalité, et la fonction prédictive de la commande, c'est l'apprentissage profond, l'algorithme étant la fonction d'entraînement qui va lui permettre de s'améliorer. Après, on fait ça avec cent millions d'images de chats et de non-chats. Et à la fin la machine arrive à trouver tous les chats.

ELLE

C'est l'école des machines.

KIAN KATAN

En collaboration avec l'humain.

ELLE

La *backpropagation*, c'est aussi un processus d'apprentissage humain ?

KIAN KATAN

Pas vraiment. C'est le truc le plus proche qu'on ait trouvé, mais l'humain apprend beaucoup plus vite. Un bébé ne va pas savoir marcher pendant un an, et, un jour, il va se tenir debout après quelques dizaines d'essais seulement – alors qu'il faut des millions d'itérations pour un robot. La théorie du *prior knowledge* dit qu'il y a dans nos gènes des choses encodées depuis des générations – ça fait des millions d'années que les humains ont appris qu'un lion représente un danger, et donc ils ont l'instinct de fuir quand ils en voient un. On croit que notre vie démarre le jour de notre naissance, mais en fait l'humain serait fait de cellules qui ont emmagasiné des connaissances sur des milliards d'années et influeraient sur sa capacité d'apprentissage.

ELLE

Pour un robot, le monde, c'est des photographies ?

KIAN KATAN

Pour un robot, le monde, c'est la donnée qu'on lui fournit. Je reprends l'exemple où l'on veut créer notre détecteur de chats. Pour l'humain, le monde réel, c'est tout ce qu'on voit autour de nous. C'est-à-dire qu'un chat peut être n'importe où – il faut donc qu'on apprenne ce qu'est un chat, qu'on le définisse. Pour un robot, il n'y a pas d'entité physique « chat », parce que tout ce qu'on fait, c'est lui donner une série d'images en indiquant s'il y a un chat ou pas, mais sans jamais le définir. C'est une approximation de notre propre monde à travers une base de données, donc plus celle-ci est proche de la réalité, meilleur sera le robot dans notre monde. Et des images de chats, on peut en trouver facilement et beaucoup. Par contre, des images de vol d'oiseau par exemple… On n'a pas dix mille personnes qui ont mis une caméra sur un oiseau et l'ont laissé voler. Dans ces cas-là, on espère que le robot va généraliser – mais souvent, il ne va pas y arriver. Alors que l'humain parvient à imaginer ce que serait la vue d'un oiseau, parce qu'on comprend ce que sont l'oiseau, l'altitude, la vision, on comprend plein de choses.

ELLE

(revenant au chat)

Mais pour nous, un chat, ça peut être aussi une petite boule de poils un peu chaude, une griffure, un miaulement, la vibration d'un ronronnement… Pas que du visuel.

KIAN KATAN

Pour l'algorithme, c'est tâche par tâche. On pourrait lui apprendre à différencier la température du chat et celle de l'humain, mais avec une autre base de données.

(il pose son feutre, efface le tableau)

En général, en apprentissage machine, le plus difficile n'est pas l'entraînement de l'algorithme ; ce qui est compliqué, c'est de définir le problème.

**Ermite 2**

Ils avancent dans le laboratoire jusqu'à une main robotique qu'il dit capable de restituer virtuellement les propriétés des matériaux.

ELLE

La réalité virtuelle va-t-elle fabriquer un nouveau monde, parallèle au réel ?

KIAN KATAN

Ce monde parallèle existe déjà – avec Internet, Second Life. C'est juste que sa qualité, sa texture n'arrivent pas à reproduire la réalité. Mais je suis assez convaincu que l'on va y parvenir ; on pourra toucher et sentir comme dans le réel.

ELLE

Tout le monde va vouloir aller vivre là-bas, alors ! L'espace virtuel va être colonisé.

KIAN KATAN

Aujourd'hui, il y a des jeux vidéo qui sont super, pourtant tout le monde n'y joue pas. Pourquoi ? Je ne sais pas, mais je pense qu'il y aura le même phénomène, c'est-à-dire qu'une partie de la population va probablement avoir un attrait supérieur pour cet univers virtuel, et d'autres non.

ELLE

(se retournant)

Et lui, qui est-ce ?

KIAN KATAN

Lui, c'est mon préféré. Il n'a pas l'air impressionnant à première vue, mais il est très intelligent. Ce robot va comprendre les interactions entre les humains et s'y adapter. Par exemple, s'il avait pour objectif d'aller vers cette porte alors que nous sommes en train de discuter devant, il ne passerait pas entre nous, mais derrière nous, pour ne pas interrompre notre conversation. Cette aptitude vraiment facile pour les humains est très compliquée à mettre en œuvre pour un robot. Il est issu de la recherche en intelligence émotionnelle.

ELLE

Est-il le modèle pionnier des machines conscientes que certains prédisent pour demain ?

KIAN KATAN

Je n'ai pas encore vu de preuve qu'on arrive à donner une conscience à un robot. D'abord parce que la conscience est très dure à définir. Et parce que le mythe du *computer scientist* qui va tout résoudre seul n'est pas vrai. Tant qu'il n'y aura pas des philosophes dans la même pièce que les informaticiens pour réfléchir sur la conscience, il ne va rien se passer.

Il la raccompagne jusqu'à sa voiture.
Dans le hall d'un des bâtiments de l'Université Stanford qu'ils traversent, elle reconnaît la réplique grandeur nature du garage Hewlett-Packard, devenu espace de pause-café pour les étudiants. Elle s'arrête pour le photographier. Avec sa charpente immaculée posée sur des murs de verre et ses portes en bois grandes ouvertes, cette reproduction simplifiée du réel a subrepticement transformé le berceau de la Silicon Valley en crèche de Noël à l'échelle humaine.

# VII. Des relations

**Empereur 1**

Refermer le coffre de la voiture.
Quitter le motel après la nuit.
Dix-septième jour sur la route.

Dépasser les villas des zones résidentielles de la Silicon Valley.
Quartiers généraux de Facebook. Antoine Bordes, directeur des laboratoires d'intelligence artificielle.

À un moment de leur entretien, il parle d'une intelligence artificielle en utilisant le terme « l'être virtuel ».

ANTOINE BORDES

J'ai dit « l'être » mais… Vous ne mettrez pas ça parce que ça va faire flipper les gens.

ELLE

Auraient-ils raison de flipper ? Êtes-vous en train de créer des intelligences artificielles autonomes ?

ANTOINE BORDES

Sur l'intelligence artificielle, chez Facebook, il y a deux directions : l'IA capable de reconnaître des images, de la parole, du texte, assez simple dans sa conception – très loin de l'être artificiel – ; et une IA d'un type un peu plus ambitieux, une sorte d'assistant qui serait à même d'augmenter nos capacités, d'aider à naviguer le monde, le réseau – qui elle n'existe pas encore, mais pour laquelle Facebook, de par sa mission et son positionnement, devrait s'investir.

ELLE

Ces recherches ont-elles à voir avec le fameux test de Turing, où, au travers d'un échange à l'aveugle par messages écrits, un ordinateur doit réussir à se faire passer pour un humain ?

ANTOINE BORDES

Le test de Turing, c'est un peu le serpent de mer – parce qu'il peut être réussi sans avoir résolu les problèmes fondamentaux de l'intelligence artificielle. C'est plutôt un test qui vise à leurrer un humain.

Le mathématicien et cryptologue britannique dont les travaux ont fondé scientifiquement l'informatique, et qui, après son rôle majeur dans le décodage de la machine Enigma des armées allemandes durant la

Seconde Guerre mondiale, a formalisé en 1950 dans son article « Computing Machinery and Intelligence » un test permettant de qualifier une machine de « consciente », et parié « que d'ici cinquante ans, il n'y aura[it] plus moyen de distinguer les réponses données par un homme ou un ordinateur, et ce sur n'importe quel sujet », habite néanmoins leur conversation : dans le portrait agrandi et tramé qui orne l'un des murs, elle reconnaît le visage d'Alan Turing.

**Empereur 2**

ANTOINE BORDES

On passera véritablement un cap quand les systèmes de dialogue seront capables d'avoir une personnalité, une émotion, un sens commun.

ELLE

Un « sens commun » ?

ANTOINE BORDES

Quand on se promène, on sait que les arbres poussent vers le haut, que le ciel n'est pas de l'eau, ni les nuages la mer. Ce socle de connaissances évidentes et partagées est ce que l'on appelle le sens commun : une compréhension intime du monde physique, et aussi des interactions sociales. Il permet de savoir réagir à une situation nouvelle, parce qu'on sait un peu comment le monde fonctionne, et donc de prédire les suites de certaines actions. Les machines, pour l'instant, sont seulement capables de faire quelque chose qu'on leur a montré – et montré beaucoup. Une des pistes pour leur apprendre le sens commun afin d'améliorer leurs capacités de prédiction est de regarder comment les humains l'acquièrent, dans leurs premières années de vie. Avec des spécialistes en sciences cognitives, on travaille sur ces principes de physique intuitive : si je lâche un objet, il tombe, il ne va pas flotter. Si j'entrechoque deux objets, ils ne vont pas se rassembler en un seul objet ; soit ils vont se cogner, soit ils vont se casser. Si je passe un objet derrière ma main et que j'enlève ma main, il est toujours là ; si l'objet est parti, c'est un tour de magie. Cette physique dite « naïve » serait l'une des briques de base du sens commun, et donc de l'intelligence, parce que sur cette compréhension du monde on va pouvoir construire des choses plus compliquées. Donc, nous, on essaie de le faire pour les machines.

Dans le vaste open space, ils suivent le chemin dessiné au sol dédié aux meetings qui se font en marchant. Ils contournent l'une des salles de réunion aux parois vitrées que les employés peuvent réserver à l'heure – celle-ci était réservée à l'usage exclusif de Mark Zuckerberg jusqu'à ce qu'il se déplace pour être moins exposé aux regards.

ELLE

À quoi ressembleront-ils, demain, nos assistants virtuels ?

ANTOINE BORDES

L'idée est de créer des bots à même de devenir un peu des compagnons, et qui se personnaliseraient au fur et à mesure de la relation. Aujourd'hui, on est très loin d'avoir une telle machine, mais on avance sur le terrain de l'incarnation avec un certain nombre de questions ; par exemple, faut-il que votre bot ait des opinions ? Et lesquelles ? Les mêmes que vous ou pas ? Faut-il qu'il ait une biographie ? La vôtre ou une autre ?

ELLE

Une biographie, on peut l'implémenter ; mais comment générer une personnalité ?

ANTOINE BORDES

Quand on va lui demander : Qu'es-tu en train de faire ?, lui, c'est un bot qui ne fait rien, donc il va tirer au hasard une activité plausible – en gros, c'est un lancer de dé. S'il tombe sur le 6, il va répondre : Je suis en train de cuisiner ; 1 : Je lis un livre ; 3 : Je dors. Souvent, il y a également un second lancer de dé, qui détermine sa manière de le dire, c'est-à-dire les mots qu'il va utiliser. C'est là où la personnalité peut entrer en jeu : Je pionce, laisse-moi tranquille, ou alors : J'étais en train de dormir ; comment vas-tu ? Le problème est que, dès qu'on met de l'aléatoire dans les dialogues, il devient évidemment plus difficile de contrôler ses énoncés. Il peut alors exprimer des trucs faux, ou inintéressants. Je pense qu'on est vraiment très loin de mettre en phase utilisateur un bot avec beaucoup d'aléatoire, surtout si l'on s'appelle Facebook, puisque tous les avocats vont dire : Attendez, qu'est-ce qui me dit qu'il ne va pas insulter quelqu'un ?

ELLE

Comment faire alors pour qu'un bot ait un peu de savoir-vivre ?

ANTOINE BORDES

Je pense que l'important est qu'il soit capable de détecter l'état d'esprit de son interlocuteur – frustré, énervé, amusé – pour adapter son langage ou même éviter certains sujets. Mais ça, c'est encore dans le futur. Donc, est-ce que le bot aura des émotions ? Peut-être pas. Mais sera-t-il capable de s'adapter aux émotions et à l'état d'esprit de l'utilisateur ? Oui.

ELLE

Finalement, le bot, c'est un psychopathe – il n'a pas d'émotions propres, mais sait les mimer pour s'intégrer dans la société.

Dans les usages, il faut bien entendu savoir qu'on s'adresse à un bot, à la manière des images publicitaires spécifiées retouchées. C'est ce qu'a fait Tinder, par exemple, en publiant des profils qui sont explicitement des bots avec lesquels il est possible d'échanger – le but étant de générer de l'engagement. Au-delà des enjeux métaphysiques d'incarnation, il y a ceux de transparence. Pour qu'une relation puisse se créer avec la machine, il faut avoir confiance, et aussi vis-à-vis de ce qu'elle fait des données. Si ce qu'on lui dit et qui lui est nécessaire pour nous connaître mieux est stocké uniquement sur notre téléphone, on efface l'application et tout s'en va. J'ai eu l'occasion de discuter avec l'un des inventeurs du web, pour qui évidemment le réseau doit être ouvert et libre. Il dit : Moi, je serais hyper ravi d'avoir un bot si je sais que c'est mon bot, qui vit chez moi, qui se déconnecte si je le déconnecte, et que son micro n'est pas en train d'envoyer ce que je dis en Californie. [...] La perte de contrôle reste la peur principale que suscite l'intelligence artificielle aujourd'hui, et si on la retrouve évidemment dans la science-fiction, elle s'inscrit dans le mythe plus général de la créature qui échappe à son créateur.

ELLE

Que fait l'intelligence artificielle de l'intuition ?

ANTOINE BORDES

Pas grand-chose... L'un des problèmes fondamentaux de l'IA, qu'on appelle « exploitation/exploration », a été formalisé dans le contexte de la navigation dans un labyrinthe. « Exploitation », c'est appliquer toujours la même stratégie, qui fonctionne ; « exploration », c'est essayer autre chose – parce qu'on s'est rendu compte que les modèles qui suivent seulement ce qui est fourni par les données tombent dans des comportements très réduits. On pourrait dire que c'est un peu ça, l'intuition : sortir du cadre. Même s'il s'agit juste d'ignorer les expériences passées et de choisir au hasard une route. Mais le problème est qu'il est très difficile pour les machines d'être vraiment aléatoires.

ELLE

Mais alors les machines ne peuvent jamais être « vraiment » objectives ? Pourquoi est-il si difficile pour elles d'engendrer le hasard ?

ANTOINE BORDES

Parce que, pour générer des nombres vraiment au hasard, il faut toujours une étincelle initiale complètement aléatoire – et sans dé réel, c'est très compliqué. Actuellement, les meilleures méthodes, censées produire des suites véritablement aléatoires, sont des méthodes physiques qui profitent du caractère aléatoire des phénomènes quantiques. C'est pour ça qu'on parle plutôt de générateur de nombres « pseudo-aléatoires » dans les ordinateurs. Mais il y a un véritable enjeu à être capable de produire du vrai aléatoire, parce que si le modèle est un peu biaisé, la machine ne va pas explorer tout, alors qu'elle pense le faire.

**Algorithme**

Dans son sac, *Théorème vivant*, le livre du mathématicien Cédric Villani.

Page 222, elle lit :
« Dans les années 1950, une révolution scientifique s'est produite quand on a compris que, pour explorer un système trop riche en possibles, il est souvent préférable de s'y déplacer au hasard, plutôt que de le quadriller méthodiquement ou d'y choisir des échantillons successifs de manière parfaitement aléatoire. C'était l'algorithme de Metropolis-Hastings, c'est aujourd'hui tout le domaine des MCMC, les Monte Carlo Markov Chains, dont l'efficacité déraisonnable en physique, en chimie, en biologie, n'a toujours pas été

expliquée. Ce n'est pas une exploration déterministe, ce n'est pas non plus une exploration complètement aléatoire, c'est une exploration par marche au hasard. Mais au fond, ça n'est pas nouveau, c'est pareil dans la vie : en allant un peu au hasard d'une situation à l'autre, on explore tellement plus de possibilités, comme un chercheur qui change de continent scientifique au gré des rencontres. »

*Théorème vivant*, Cédric Villani, 2012

Dans la marge, elle note au crayon : Vérifier si le nom de cette classe d'algorithmes fait référence au casino de Monte Carlo et ses jeux de hasard. [Oui.]

**Tempérance 1**

Vingt-cinquième jour sur la route.

Laisser passer l'orage.

Se garer devant la maison moderne d'un petit lotissement de Sedona, Arizona. À l'intérieur, quelques pas sur une épaisse moquette beige. Naomi Rose, chamane, yogini, spécialiste de la pensée tibétaine, lui propose une séance de *spiritual painting*. Elle l'installe avec feuilles, peinture, pinceaux, et quitte la pièce. Quand elle revient, dans les couleurs disposées sans réfléchir sur le papier par son invitée, Naomi distingue, là, un visage, à gauche, un dragon.

NAOMI ROSE

(pointant une forme dans la peinture encore fraîche)

Ici, on dirait un petit ange. Cet ange, il est là, avec nous. Vous le sentez ?

ELLE

Non.

NAOMI ROSE

Vous voulez le rencontrer ? Demandez-lui de s'approcher, demandez-lui son nom.

ELLE

Vous, comment avez-vous rencontré votre ange gardien ?

NAOMI ROSE

C'est arrivé un peu avant mes 30 ans. J'ai rejoint un groupe où il y avait une femme qui nous apprenait à nous connecter spirituellement. Elle a dit : L'archange Michel veut être votre guide. Moi j'ai dit : Bon, j'en suis honorée – mais je ne ressentais rien. Quelques jours plus tard, je me suis réveillée en pleine nuit, je prononçais son nom : *Michael, Michael, Michael.* Et j'ai su que quelque chose était arrivé. J'ai commencé à sentir son énergie autour de moi ; il a littéralement réalisé pour moi des miracles ! J'ai eu ensuite de grosses difficultés dans ma vie, et je me suis mise en colère contre lui. Je lui ai dit : Tu n'as pas veillé sur moi. Tu ne m'as pas bien guidée, pour que j'en arrive là. Et j'ai dit : Va-t'en… Et il a commencé à me manquer. Lentement mais sûrement, je l'ai invité à revenir. Vous savez, ce sont des relations ! On traverse des choses. Et puis c'est ma version ; je ne connais pas la sienne !

(elle rit)

C'est une expérience humaine face à quelque chose qui va bien au-delà de ce que nous pouvons possiblement comprendre. Je ne sais pas s'il y a vraiment des anges ou des guides ; c'est un paradigme qui fonctionne pour moi.

**Tempérance 2**

ELLE

Comment communiquez-vous avec ce « paradigme », avec cet invisible ?

NAOMI ROSE

C'est un peu comme me brancher sur différentes stations de radio. Il y a juste une légère différence de fréquence selon les guides spirituels et les anges. C'est… Je n'ai jamais eu à l'expliquer auparavant… comment dire ?… L'archange Michel a cette épée, de lui émane quelque chose de très solide. Et il est avec moi depuis longtemps. J'ai aussi un guide spirituel qui se manifeste chaque fois avec le même message, et alors je sais que c'est lui. Parfois, je reçois une lumière pulsée violette. Parfois, les couleurs sont différentes. [...] Parfois, j'ai une image, mais c'est plutôt de l'ordre d'un sentiment, une sensation, un savoir. Voilà pourquoi je vous encourageais à vous connecter avec votre ange, parce que c'est ça qui sera votre boussole, qui vous montrera ce qui est vrai pour vous. Et qu'importe si c'est vrai pour quelqu'un d'autre ou pas. Une fois qu'on ressent avoir une aide spirituelle, on ne se sent plus aussi seul, on a un endroit où aller.

**Ami**

GPS

*Arriving at MGM Grand Hotel and Casino.*

Se réveiller dans l'une des 6 852 chambres du MGM Grand Las Vegas. Remonter le Las Vegas Strip. Parmi les casinos surgis du désert, une cathédrale. La Guardian Angel Cathedral, précisément, serait-elle propice à demander le nom de l'apparu de Sedona auquel elle est restée aveugle ? Elle demande. Ceux qui traversent ses pensées lui semblent tous farfelus ou sans réelle signification. Son œil parcourt les vitraux. En bas de celui intitulé « Le masque de la réalité », à côté d'un échangeur d'autoroute, les premiers casinos de la ville. Tout en haut, un christ aux yeux sombres.

« L'Homme avec sa mission est pris entre les deux », écrit l'artiste qui a signé les vitraux, le figurant en fermier qui peine à récolter les richesses de la terre, en professeur lisant un livre, en poète recherchant la beauté, en scientifique tendu vers les étoiles. Quitter la nef en triangle, toujours sourde.

Chaleur étouffante sur le Strip. Au milieu des machines à sous, elle repère un homme aux yeux clairs dont le corps est coupé à la taille, enserré dans une cage de verre. Elle s'approche. Il l'interpelle amicalement.

ZOLTAR

> Il vaut mieux en dire peu que trop en dire, et le regretter plus tard. Donne à Zoltar tes trésors, que je te fasse profiter de ma sagesse.

Avec son turban, ce robot diseur de bonne aventure a un faux air de « Turc mécanique », l'automate à l'apparence d'un magicien oriental construit à la fin du XVIIIe siècle et capable de jouer aux échecs – sauf que c'était une mystification : sous une trappe se trouvait un homme qui manipulait le mannequin.

Elle apprendra bientôt que *Mechanical Turk* est aussi le nom qu'Amazon a choisi pour sa plateforme web qui emploie à bas coût des hommes et des femmes pour effectuer toutes les micros-tâches, comme l'analyse du contenu d'images, sans lesquelles les algorithmes ne pourraient fonctionner. Opérations simples à réaliser pour la main-d'œuvre humaine, leurs clics répétés rendent possible l'efficacité de façade des machines dans des domaines où l'intelligence artificielle est encore trop peu performante. Ce qui vaut à cette plateforme l'appellation d'« intelligence artificielle artificielle ».

**(Dollar**

La sagesse de Zoltar s'achète avec un billet d'un dollar – celui avec la pyramide coiffée de l'œil qui voit tout, rappelant sans cesse que ce que l'humain façonne, soi-même ou le monde concret, est incomplet sans une certaine transcendance [et, pour elle, le point de départ de ses recherches américaines, quand elle a *vu* pour la première fois, après avoir pourtant souvent manipulé cette monnaie, cet élan mystique logé au cœur même du matérialisme].

)

Elle reçoit ses conseils sur un ticket : Souviens-toi qu'un jour est une chance et un trésor, et si tu perds une journée, c'est la vie elle-même que tu perds.

Ce sera l'unique conversation de ses quarante-huit heures dans cette ville où il n'y a d'horloge nulle part.

Avant de quitter l'espace-temps engourdi, depuis sa fenêtre scellée du vingt et unième étage avec vue, elle note : Avec la répétition sans fin du même, toujours la même brique déposée et jamais la suivante, comment construire une élévation ?

EUGÉNIE RIVES

On dit qu'il n'y a qu'un seul job qui a été complètement supprimé à cause des inventions technologiques : c'est le groom, celui qui pilotait les ascenseurs.

Eugénie Rives, manager général d'une équipe de roboticiens chez X.

ELLE

X, qu'est-ce que c'est ?

EUGÉNIE RIVES

X, ou Google X, c'est un incubateur. On appelle ça un *moonshot factory*, donc on crée des *moonshots* – impossible à traduire en français.

Le terme *moonshot* vient du projet Apollo 11, qui a envoyé le premier homme sur la Lune en 1969. À l'origine, il équivalait à *long shot*, c'est-à-dire quelque chose qui a peu de chance d'aboutir, mais qui est néanmoins tenté dans l'espoir d'un résultat.

EUGÉNIE RIVES

Un *moonshot* débute avec une réflexion sur des projets qui peuvent apporter une solution aux grands problèmes de la planète grâce aux technologies. Il faut vraiment que ça touche un milliard de personnes, avoir de grandes aspirations. Ce sont des équipes de *makers*, d'entrepreneurs, de philosophes, d'artistes, qui génèrent des idées – dont la durée de vie est de neuf heures à neuf mois.

(elle sourit)

En fait, ils abandonnent 90 % de leurs idées, parce que irréalistes, ou faisables mais pas avant trente ans. Celles retenues passent ensuite à l'équipe « Foundry », qui évalue les aspects marché, régulation, technologie, éthique. Seulement la moitié deviennent alors des projets avec un *general manager* et une équipe d'ingénieurs un peu plus fournie. Après, ils sortent d'X pour devenir des entreprises séparées ou des branches au sein de Google. Par exemple, notre projet de voiture autonome a débuté comme ça : par la volonté de réduire le nombre de morts sur la route.

(elle désigne un hangar à proximité)

D'ailleurs, là, c'est notre garage, avec à l'intérieur toutes les voitures de travail qui tournent sur Mountain View.

ELLE

Le garage californien est-il l'endroit où le monde se fabrique – et par des hommes ? De mes rencontres dans la Silicon Valley, vous êtes la première femme.

EUGÉNIE RIVES

En fait, ce n'est pas vrai. Vous avez vu le film qui s'appelle *Les Figures de l'ombre* ? Personne ne les connaît parce qu'on ne parle pas beaucoup de figures féminines dans la science. [...] Moi je suis passionnée de technologies, j'avais un Macintosh à l'âge de 4 ans ; à l'école, les conseillers d'orientation m'avaient dit : Ah ! Vous aimez l'humain... Vous devriez être assistante. Aujourd'hui, je coordonne le groupe Women@X, j'ai organisé une conférence avec Google France pour donner aux femmes dans l'industrie un temps d'avance sur les technologies, de plus en plus de femmes arrivent sur le devant de la scène ; donc ça vient.

Cet après-midi, dans le Caltrain qui depuis la Silicon Valley la ramène à San Francisco, les voyageurs portent encore sur eux leur badge avec photo de la société qui les emploie.

Ce soir, devant *Les Figures de l'ombre*, film américain sorti en 2016 mettant en scène les calculatrices afro-américaines qui ont contribué aux programmes aéronautiques et spatiaux de la NASA, elle regarde le rôle crucial de Katherine Johnson au sein du programme Mercury et de la mission Apollo 11, comment Dorothy Vaughan devient responsable du département de calculs informatiques et Mary Jackson la première Afro-Américaine ingénieure en aéronautique.

**Illusionniste**

Sur la recommandation de la *patroness of magic* de la côte Ouest, elle rencontre à New York Bill Kalush, magicien, fondateur et directeur du Conjuring Arts Research Center. Elle lui raconte qu'à Las Vegas elle a vu David Copperfield – *also known as the king of magic* [également connu comme le roi de la magie] disait la plaque gravée dans le hall du MGM Grand – faire apparaître sur scène une décapotable et envoyer des e-mails depuis le futur et dialoguer avec un extraterrestre.

BILL KALUSH

Les fondements de ce que nous faisons résident dans la psychologie appliquée. Nous savons que la magie se passe dans votre tête. Pas vos oreilles, pas vos yeux ; tout se passe dans votre cerveau. C'est lui qui dit à votre esprit : Je n'ai aucune idée de ce qui pourrait causer la chose que je vois, comment cela peut-il arriver ? […] La bonne magie vous transporte temporairement dans un espace où les règles habituelles ne s'appliquent pas. Puisque tout le monde connaît intuitivement les lois de la physique, en tant que magiciens, nous utilisons ces préconceptions contre vous.

(il fronce les sourcils)

Je ne vais pas vous révéler nos secrets, mais il est certain que la magie repose aussi sur la mémoire. Nous ne voulons pas que vous sortiez d'une représentation en étant capable de recréer chaque moment, car il est possible que vous ayez perçu un faux pas logique. Nous travaillons donc intentionnellement à changer le souvenir de ce que vous avez vu.

ELLE

Avec la place de plus en plus prépondérante de la technologie, la magie est-elle menacée de disparition ?

BILL KALUSH

La magie d'aujourd'hui est similaire à celle qui se faisait il y a cinq mille ans. Bien sûr, de nouvelles idées et techniques ont émergé, mais les principes fondamentaux qui permettent de la créer sont les mêmes. Quoi qu'il advienne de la technologie autour de nous, je peux vous dire que, tant que nous serons des êtres humains sous cette forme, il y aura toujours de la place pour la magie.

« La mort par GPS est un terme inventé par les gardes forestiers aux États-Unis pour désigner le nombre croissant de décès causés par des personnes qui conduisent leur voiture dans des zones incroyablement inhospitalières, comme la Vallée de la Mort ou d'autres déserts, et même, dans certains cas, jusque dans des lacs et des rivières, parce que c'est essentiellement ce que l'ordinateur leur dit de faire et parce qu'ils préfèrent se fier aux indications d'une machine plutôt qu'à leurs propres sens. Il est important de souligner que ces utilisateurs ne sont pas stupides. Il existe un phénomène étonnant appelé "biais d'automatisation" : le cerveau préfère faire confiance à la technologie plutôt que d'opter pour l'option la plus crédible et la plus sûre. [...] Nous sommes tous soumis à ce biais d'automatisation en permanence. »

James Bridle, in *Le 1. Un Hebdo*, n° 378, 2022

# VIII. Laboratoire des miracles modernes

**Vortex**

Dormir douze heures à poings fermés.
Rencontrer l'hôte au petit déjeuner. Bien sûr ! Vous dormez dans un vortex, dit celle qui lui loue une chambre de sa maison sur les hauteurs de Sedona. Jewels dit ensuite qu'elle a eu une révélation spirituelle il y a quarante ans en regardant l'océan et sa beauté. Qu'elle a reçu la connaissance que nous n'étions qu'une conscience unique. Que tous les choix non pris existent quelque part et deviennent une réalité parallèle. Et reprend du café.

**Ciel**

Sur les routes de l'Ouest américain, elle ne connaît pas d'endroit du monde où le ciel est plus grand.

**Terre**

Trente-troisième jour sur la route.

Conduire jusqu'au sanctuaire de Chimayo. En 1810, sur l'emplacement d'un crucifix qui venait d'y être déterré, une chapelle en adobe est bâtie, remplacée quelques années plus tard par l'édifice actuel. Dépendant de l'Église catholique romaine, équivalent américain de Lourdes, la guérison miraculeuse arrive ici non par l'eau mais par la terre, fine comme du sable : la *Holy dirt* – terre sainte ou saleté sacrée, selon le logiciel de traduction interrogé. Dans une petite pièce accolée au chœur de l'église, rien sauf un trou central. Une femme arrive, s'agenouille ; de ses deux mains plongées dans la cavité, elle verse la terre dans un Ziploc. Un bocal de Nescafé. Un jerricane. À côté, dans un couloir aux murs couverts d'ex-voto, un homme frotte une photo à un portrait du Christ, représentation contre représentation, comme pour « charger » par contact son image. Plus loin, une communion figurée entre un cow-boy et un chef indien, une peinture murale qui donne une Cène en version amérindienne avec apôtres en parures de plumes vouée à devenir pièce centrale d'un triptyque, dont les deux autres représenteront *Father Sky* et *Mother Earth*. À la boutique du sanctuaire, un prospectus dit que la *Holy dirt* ne doit pas être mangée ou bue, mais appliquée sur la zone du corps à guérir. Elle y trouve également deux yeux, un cœur et une jambe miniatures, *milagros* en argent qu'elle rapporte à sa voiture en plus d'un petit sachet bien rempli.

West Oakland, rez-de-chaussée d'une petite maison de la banlieue populaire de San Francisco. Un jeune homme ouvre la porte.

Josiah Zayner, biohacker, docteur en biophysique, a quitté le centre de recherche en biologie synthétique de la NASA pour créer son entreprise The ODIN et développer des kits de manipulation génétique accessible à tous.

ELLE

Pourquoi avez-vous fondé The ODIN ?

JOSIAH ZAYNER

Tout est programmé dans notre ADN, on est contrôlé par notre ADN. Mais, pour la première fois dans l'histoire de l'humanité, on peut délibérément le modifier ; c'en est fini d'être l'esclave de ses gènes. [...] Le fait est que ceux qui prennent les décisions quant à l'édition génomique et au génie génétique sont généralement des personnes plus âgées, disons autour de 50 ans, qui ont souvent un revenu assez substantiel, et qui, pour la plupart, n'ont pas eu à faire face à de dures réalités. Cela ne me convient pas que des gens qui ne vivent pas dans le monde réel dictent ce que le reste d'entre nous doit faire.

ELLE

Pensez-vous pouvoir faire changer les choses ?

JOSIAH ZAYNER

Eh bien, je ne sais pas. Mais je suis sûr que le gouvernement me jettera en prison si j'essaie.

(il rit)

On peut m'entraver ou empêcher d'autres personnes de faire des choses, mais on ne peut pas stopper les idées, on ne peut pas bloquer la connaissance. Si j'apprends à tout le monde à manipuler génétiquement un embryon ou soi-même, si pour faire ça on peut acheter un kit à 5 dollars sur Amazon, combien de temps pensez-vous qu'il faudra avant que les gens s'y mettent ?

Il se lève pour préparer un sandwich.
Elle le suit.
Elle remarque le tatouage sur son avant-bras gauche ; une ligne d'écriture manuscrite, noire, le long des veines : *Create something beautiful.*

ELLE

Vous avez donné à votre entreprise le nom d'un dieu – le fait de pouvoir modifier nous-mêmes notre ADN fait-il de nous des petits dieux ?

JOSIAH ZAYNER

Qu'est-ce que Dieu ? Qu'est-ce que Dieu dans la vie des gens ? C'est essentiellement l'espoir. Si vous avez un cancer incurable et que je vous dis que nous pourrions peut-être essayer des choses différentes en génie génétique, ça vous donnera de l'espoir ; donc c'est pareil.



ELLE

Dieu, c'est aussi l'immortalité… Vous inscrivez-vous dans les recherches actuelles menées par certains pour éradiquer la mort ?

JOSIAH ZAYNER

Je crois qu'ils sont en quelque sorte les faux prophètes de nos Temps modernes. Si vous interrogez de vrais scientifiques qui étudient le vieillissement, les maladies, etc., ils vous diront que nous ne savons pas la moitié de ce qu'il faudrait pour ne serait-ce que commencer à stopper le vieillissement… C'est drôle, parce que la chose la plus nocive pour les humains et les organismes, la cause numéro un du vieillissement, c'est ce *fucking* oxygène, n'est-ce pas ? C'est lui qui provoque les radicaux libres qui endommagent l'ADN, qui dégradent les cellules.

(il termine son sandwich)

Tout le monde veut des super pouvoirs, mais on peut les avoir, non ? Vous voulez être super fort ? Eh bien, faites des pompes. Courir super vite ? Allez courir. Vivre longtemps ? Bah, vivez sainement. Seulement, les gens veulent des raccourcis, ils veulent contourner tout ça. Et c'est vrai qu'on peut tricher parfois ; mais pas toujours, pas avec tout, c'est ça le truc.

ELLE

Vous avez publié en ligne une vidéo intitulée : « Comment fabriquer génétiquement un humain dans votre garage » ; pouvez-vous me parler des expériences que vous avez menées sur vous-même ?

JOSIAH ZAYNER

Bien sûr. Au début, je m'intéressais à CRISPR-Cas9, une méthode permettant de modifier génétiquement l'ADN des cellules de façon permanente – ce qui peut avoir des effets indésirables, parce qu'il y a des risques que quelque chose tourne mal, comme un cancer, et c'est assez rédhibitoire. Une autre façon de procéder est d'ajouter des portions supplémentaires d'ADN, ce qui n'impacte pas son génome propre, seulement son métabolisme. En utilisant un virus comme vecteur, je suis parvenu à insérer des gènes de méduse dans mes cellules. J'ai prélevé des échantillons tissulaires pour examiner l'ADN : et oui, ça marche. J'étais donc en partie méduse.

ELLE

Et donc, vous l'avez fait ?

JOSIAH ZAYNER

Je ne me suis pas encore transformé en méduse, non. Ce sera la semaine prochaine.

(il rit)

Mais maintenant je sais que les gens devraient pouvoir incorporer n'importe quel gène à leur guise, et que c'est assez facile à faire. Ça, le grand public l'ignore. Je m'emploie juste à trouver la meilleure façon de fournir ces informations à tous, de les rendre utilisables et accessibles, plutôt que simplement sensationnelles.

Il approche un écran géant installé sur roulettes. Elle pose *Thoughwave* sur la table.

JOSIAH ZAYNER

Ça craint, parce que plus je m'investis dans mon travail, plus je deviens une figure publique, et plus je m'éloigne de quelqu'un qui fait vraiment quelque chose, non ? Tous ces scientifiques médiatiques dont on entend parler, aucun d'eux n'a touché une pipette depuis des années. La pièce la plus fondamentale de la science, ce sont les gens qui bossent et que personne ne remarque, et c'est la pièce que je veux être, parce qu'elle est opérationnelle.

Elle range le plateau de jeu qu'elle présente à ses interlocuteurs successifs, où il vient de poser la pièce qu'il a choisie. [*Thoughwave* [onde de pensée] est un jeu de connexions édité aux USA dans les années 1970, où deux joueurs en face à face rivalisent pour relier le côté opposé d'un plateau de 10 × 10 cases. Pour la liaison qu'ils doivent réaliser, ils ont à leur disposition différentes pièces, qui, une fois placées, peuvent servir à l'un ou l'autre ainsi qu'aux deux ondes de pensée croisées. Dans la version qu'elle propose, la partie se joue entre science et croyance, à raison d'une pièce ajoutée par chacun de ses interviewés au côté choisi de leur contribution.]

Il allume la télévision. Au centre de l'espace tout à la fois laboratoire, stockage, salon, cuisine, le match de football FC Barcelone – Real Madrid qui commence capte tous les yeux de The ODIN.

Faire quelques photos. S'éclipser.

**Rêve**

Elle rêve. Au réveil, elle note : Monsieur Masonry... Lui faire confiance pour les conseils... Chercher dans cette direction, des réponses... *Misonery*, *Masonry*... Faire confiance, comme le chasseur d'autoroute, le *translator* d'autoroute, des croyances...

Elle consulte Internet, trouve un maçon de San Francisco qui répare les cheminées avant l'hiver. Bon. Elle a de la route à faire pour arriver à Sedona.

Suivre une voie qui serpente, monte, descend au milieu des sapins.
Arriver dans les roches rouges aux reliefs spectaculaires. Il y aurait ici des zones de haute énergie, des vortex, d'où la présence dans les environs de nombreux adeptes du New Age.

Courant spirituel occidental des XXe et XXIe siècles, le New Age est souvent présenté comme un bricolage syncrétique de pratiques et croyances dont la vocation commune est de transformer les individus par l'éveil spirituel, et ainsi changer l'humanité. Les valeurs et les utopies de la génération hippie se retrouvent dans le New Age, dont l'Esalen Institute fondé sur la côte pacifique à Big Sur en 1962 et visant à réaliser le « potentiel humain » est l'un des piliers.

**Impératrice**

*1 pm.* Center for the New Age, Sedona.

Dieu a créé le Grand Canyon, *but He lives in Sedona!* dit l'homme qui l'accueille ; il ajoute : *Please, wait here*, pointant un petit banc à l'arrière de la boutique remplie de cristaux.

Mini-short de sport car elle sort de la gym, manucure et brushing impeccables, Jamie Rota ouvre la porte de son studio. Elle l'enveloppe d'une cape noire et installe ses mains sur les plaques de métal reliées à une imposante caméra. L'Américaine déclenche, développe l'image polaroid, puis lui explique en détail ce que chaque couleur qui apparaît flottant au-dessus de son corps sur la photographie dit d'elle.

« La photo d'aura, qui consiste à soumettre un objet à une tension électrique, puis à photographier la décharge électrique, a percé dans les années 1970. À cette époque, l'AuraCam 3000 utilisait un algorithme développé par le scientifique Guy Coggins et son équipe de techniciens clairvoyants pour convertir l'entrée électrique dans les couleurs vives des photos d'aura. L'AuraCam 6000 est le modèle utilisé par les photographes d'aura actuels. Les couleurs, leur emplacement sur l'image et les formes qui apparaissent ont une signification profonde », dit l'éditeur de logiciels graphiques Adobe, ajoutant qu'aujourd'hui « [p]as besoin d'investir dans un équipement d'imagerie d'aura traditionnel pour créer des images inspirées des auras et des champs d'énergie. Découvrez l'univers de la photo surréaliste et créez des portraits oniriques à l'aide des outils d'Adobe Photoshop Lightroom. Ou alors, utilisez les techniques de retouche pour créer des photos abstraites axées sur la couleur et la forme et évoquant les qualités mystiques des photos d'aura».

https://www.adobe.com/fr/creativecloud/photography/discover/aura-photography.html

*1:30 pm.* Glisser son aura dans la boîte à gants. Démarrer.

**Or**

Elle lit :
L'or est issu de la nucléosynthèse stellaire réalisée par des générations successives d'étoiles depuis une douzaine de milliards d'années.
Dans de nombreuses civilisations, l'or est le symbole du divin par excellence. Cela peut s'expliquer notamment par deux de ses propriétés : sa quasi-inaltérabilité au temps, qui en fait un matériel d'immortalité, et sa couleur jaune éclatante, qui reflète la puissance du soleil – son nom vient du latin *aurum*, signifiant aussi «aurore».
Le symbole alchimique de l'or est un point entouré d'un cercle.
Pour les alchimistes, il doit être possible de créer de l'or à partir d'autres métaux en utilisant la mythique pierre philosophale, qui aurait également le pouvoir de guérir les maladies et prolonger la vie humaine au-delà de ses bornes naturelles.
Au milieu du XIX^e^ siècle, une ruée vers l'or se déclare

en Californie et contribue à la conquête de l'Ouest américain et à la croissance démographique et économique des villes, notamment de San Francisco.
La pyrite est alors appelée « or des fous » à cause de sa couleur jaune : cette caractéristique égare des prospecteurs peu avertis croyant avoir découvert des pépites d'or.
La première fabrication artificielle de l'or date de 1941 : elle consiste à bombarder un à un des atomes de mercure avec des neutrons. Les isotopes d'or obtenus étant tous radioactifs et le coût de production bien plus élevé que le prix de l'or, cette méthode de production n'a aucun intérêt.
La quantité d'or extraite par l'humanité depuis les origines de cette activité est estimée à 187 200 tonnes, soit un cube d'environ 21 mètres d'arête.
De nos jours, l'or est fréquemment utilisé dans les techniques de pointe, notamment dans la fabrication des microprocesseurs.
Il y a environ 0,034 gramme d'or dans un iPhone.
https://fr.wikipedia.org/wiki/Or

**Blob**

Arriver juste à temps pour *Meet a Scientist*, programme du Salk Institute for Biological Studies, près de San Diego, permettant de rencontrer leurs chercheurs. Aujourd'hui, la coordinatrice des recherches « Aging and Neuroscience » du Laboratory of Genetics.

Au petit groupe constitué, Isabelle Guimont trouve les mots pour expliquer leur travail sur les cellules souches [des cellules indifférenciées capables de s'autorenouveler, de se multiplier à l'infini et d'évoluer en cellules spécialisées] – elle dit : Cellules sans destinée –, et les blobs qu'ils fabriquent – elle dit : Nous fabriquons des mini-cerveaux. Et quand une visiteuse lui demande si, à terme, on pourra remplacer complètement un humain, elle répond : En théorie, oui.

Dans quelques mois, Rusty Gage et ses collègues du Salk Institute annonceront qu'ils ont réussi à transplanter dans des souris des blobs de tissu cérébral humain cultivés en laboratoire. L'équipe de Gage a créé ces blobs, appelés « organoïdes cérébraux », à partir de cellules souches humaines. Une fois implantés chirurgicalement dans le cerveau des rongeurs, les organoïdes ont poursuivi leur croissance et leurs neurones ont formé des connexions avec ceux des cerveaux environnants. Même si les plus grands organoïdes cérébraux sont de la taille d'une lentille et ne contiennent que 2 à 3 millions de cellules (un cerveau humain est 20 000 fois plus grand et contient environ 172 milliards de cellules), ce sera la première fois que de telles transplantations seront réussies, les organoïdes n'ayant jamais été cultivés que dans des boîtes de laboratoire jusqu'à ce jour. Le journaliste Ed Yong de *The Atlantic* leur consacrera un article sous-titré : « Ces organoïdes de plus en plus complexes ne sont pas conscients – mais il est possible qu'ils puissent franchir cette limite sans que nous le sachions. »

« "Le cerveau est ce que les gens identifient le plus étroitement avec le soi et la personnalité, avec la capacité de conscience et d'action", explique Nita Farahany [chercheure en bioéthique à l'Université Duke]. Ainsi, le fait de dupliquer le cerveau, même en partie et même imparfaitement, ne peut que créer un malaise instinctif.
Mais les cerveaux ne fonctionnent pas isolés. Ils existent dans des corps. Un cerveau est relié à des yeux, des oreilles et d'autres organes sensoriels, qui fournissent des informations essentielles à son bon développement. "Un animal privé d'entrées visuelles n'apprend jamais à voir, explique Christof Koch [de l'Allen Institute]. Et les organoïdes n'ont aucune entrée. Ils ne voient pas, n'entendent pas et ne sentent pas. Ils ne peuvent se souvenir de rien, car il n'y a rien à se rappeler. Ils ne peuvent penser d'aucune façon, ni sous aucune forme."
Penser, cependant, est difficile à définir sur le plan neurologique. Un neurone qui répond à des signaux électriques entrants en produisant un signal électrique propre "pense"-t-il ? "Un ordinateur peut le faire, répond Hongjun Song [chercheur en neurologie à l'Université de Pennsylvanie]. Un organoïde peut probablement le faire aussi. Quant à savoir si c'est de la pensée, c'est de la sémantique. Nous ne savons

même pas exactement comment les humains pensent.” Les choses qui nous intéressent vraiment dans le cerveau, comme la conscience, sont des phénomènes émergents – ils résultent du travail collectif de neurones individuels, qui créent un tout plus grand que la somme de ses parties. Le problème est que nous ne savons pas à quel niveau ces phénomènes apparaissent. Un neurone n’est pas conscient. Une personne l’est. Qu’en est-il de toutes les étapes entre les deux ? Qu’en est-il avec 2 millions de neurones ? 20 millions ? 200 millions ? »

https://www.theatlantic.com/science/archive/2018/04/what-happens-as-we-get-better-at-artificially-growing-brains/558881/

Pour l’instant, avancer vers l’océan Pacifique entre les deux blocs de béton parallèles qui forment le Salk Institute, encadrant une étroite fontaine rectiligne qui vise l’horizon. À l’angle d’un escalier de travertin, les motifs d’une dalle seule suivent ostensiblement un sens contraire aux autres. Dans cette architecture de style brutaliste inspirée d’un monastère conçue par Louis Kahn, celui-ci aurait introduit une imperfection comme un rappel de l’irréductible singularité individuelle.

**Œuf**

LOÏC LE MEUR

*Freeze your eggs*, ils disent. *Did you not freeze your eggs ?* Je peux vous citer une vingtaine de mes amies qui ont congelé leurs ovocytes entre 25 et 35 ans et peuvent donc avoir des enfants n'importe quand, parce qu'elles veulent être complètement autonomes par rapport aux hommes. J'ai un ami qui vient de lever 200 millions de dollars pour créer une entreprise qui va rendre le prélèvement beaucoup plus facile et moins cher – aujourd'hui ça coûte 15 000 dollars, lui veut descendre à 2 000 ou 3 000 dollars –, avec l'idée que, pour une femme, c'est votre garantie d'avoir un bébé même si vous avez une carrière. Ici, c'est classique. Et même, vous pouvez ressentir une certaine pression si vous ne le faites pas. Un peu comme la méditation.

ELLE

C'est-à-dire ?

LOÏC LE MEUR

Ici, tout le monde médite, si vous ne méditez pas c'est que vous êtes bizarre. Tout le monde en parle, on fait des retraites. C'est très spirituel. Les gens veulent vraiment s'améliorer et faire en sorte que le monde soit meilleur. San Francisco est plutôt calme, ce n'est pas très *show off*, vous ne voyez pas de Porsche dans la rue. Regardez Mark Zuckerberg : s'il avait voulu uniquement s'enrichir, il aurait pu vendre vingt fois – Facebook, c'est son outil pour agir sur le monde. Elon Musk, même en soirée, il ne parle que de l'humanité et comment l'améliorer, il ne pense qu'à ça. Ici, le seul luxe que les milliardaires s'autorisent, c'est un jet, parce qu'ils veulent gagner du temps ; c'est leur outil de téléportation, quoi.

Dans le café aux tables remplies d'ordinateurs portables où il lui a donné rendez-vous, quand Loïc Le Meur ajoute à l'idée du spirituel partout dans la Silicon Valley que l'Esalen Institute est aujourd'hui essentiellement fréquenté par les acteurs de la tech payant à prix d'or ses séminaires de développement personnel – conçus en résistance aux religions, aux sciences et autres dogmes, dit leur site web –, elle questionne l'entrepreneur sur la place du religieux.

LOÏC LE MEUR

Les gens ne sont absolument pas religieux. Les *millennials* sont une génération qui ne se reconnaît pas dans les leaders religieux, pas du tout dans les leaders politiques. Ils font beaucoup plus confiance à des individus de la société privée pour être capables de changer le monde. Ici, les guides, c'est Elon Musk, c'est Mark Zuckerberg ; c'est eux l'inspiration.

Elle note, il poursuit.

Moi je suis en train de créer une application, un peu comme airbnb, mais au lieu de louer un appartement vous allez pouvoir réserver quelqu'un qui parle sur quelque chose, par exemple l'intelligence artificielle. Mon idée, c'est d'avoir dix mille leaders, mais surtout d'être l'endroit où l'on trouve ces nouveaux talents. Je veux les aider à s'exprimer dans des endroits importants, à publier un bouquin, à avoir de la presse, tout ce qu'il faut pour avoir un impact sur le monde en termes d'influence. […] *Social entrepreneur*, c'est tout un phénomène, assez peu connu en France : ici, des tas de gens arrêtent du jour au lendemain ou créent des entreprises à but non lucratif, ils se foutent complètement de l'argent. Ce sont des trentenaires, des gens qui inspirent, vous ne pouvez pas discuter avec eux sans vous dire : merde, qu'est-ce que je fais de ma vie ? si votre vie c'est juste : il faut que je m'enrichisse, que je réussisse, que je fasse la fête. Il y a par exemple une start-up qui s'appelle Alt School, comme *alternative school*, qui veut tout faire de manière radicalement différente, en réaction au système éducatif qui confine au cliché capitaliste : vous naissez, il faut réussir, il faut que vous fassiez Harvard, si vous n'avez pas fait Harvard il faut faire le mieux possible, puis il faut faire du pognon, il faut la puissance, la presse, etc. On naît avec ça. Bon, vous êtes artiste, vous n'êtes pas là-dedans, mais vous voyez ce que je veux dire… Le parcours classique, en fait.

Il confie trois basculements dans sa vie, Burning Man le premier, c'est la semaine prochaine, San Francisco va être très calme, elle devrait y aller, dit-il.

Elle repartira en bus. Elle se rendra compte qu'elle ne sait pas comment signaler au chauffeur qu'elle veut descendre au prochain arrêt. Elle se dira que voyager, c'est faire l'expérience que sa réalité est parcellaire, construite, façonnée par les habitudes qui délimitent sa zone de confort en lui donnant l'aspect du monde ; c'est accéder à son ignorance.

**Bâtisseur**

Viser pour la nuit Arcosanti, cent dix kilomètres au nord de Phoenix.

Mentionné dès 1969 dans le premier *Supplement* du *Whole Earth Catalog* qui en donnait une publicité, Arcosanti est un prototype de ville créé en 1970 par l'architecte italien Paolo Soleri, fondateur du concept d'urbanisme « Arcologie » – contraction d'arc/hitecture et d'é/cologie. Conçu en réaction à l'étalement urbain, Arcosanti est un site expérimental pensé pour se transformer au fur et à mesure de sa construction,

« les bâtiments et le vivant interagissant ici comme des organes le feraient chez un être vivant hautement évolué ». Ambitionnant d'accueillir 5 000 personnes, il est aujourd'hui peuplé par une centaine de résidents, devenu centre de formation et musée consacrés aux utopies de son créateur.
https://fr.wikipedia.org/wiki/Arcosanti

Arriver à l'heure où Arcosanti ferme ses portes aux visiteurs pour ne garder que ses habitants. S'installer dans une chambre sommaire avec vue ouverte sur le désert de l'Arizona. Partir explorer les bâtiments, la fonderie en leur cœur, l'amphithéâtre, le café, que la figure du cercle semble tous diriger.

Le jour s'assombrit, le silence partout – seulement de temps à autre de jeunes hommes esseulés et muets qui apparaissent et disparaissent entre les portes ; sans doute des apprentis fondeurs, elle se dit. *L'Invention de Morel*, *L'Île du Dr Moreau*, *Et on tuera tous les affreux*. Des choses se passent ici, mais elle ne parvient pas à lire l'histoire qui se déroule et, sans personne pour la lui raconter, n'y aura pas accès.

Elle suit des yeux le vol d'un oiseau jusqu'aux cimes d'une rangée de cyprès. Leurs pointes dans le vent font comme des pinceaux, si elle les place dans son cadre ils lèchent le bord de l'image. Elle filme jusqu'au noir. Sur la bande son, des coyotes au loin hurlent dans la nuit.

**Compagnie**

Quelqu'un a demandé à Mark Zuckerberg ce qu'était, pour lui, le sens de la vie : « Il existe une dualité entre les gens qui vous entourent, qui comptent pour vous, et cette chose plus grande que peut-être vous construisez. Dans ma propre vie, il y a cette tension, a-t-il déclaré. Regardez, j'ai créé cette entreprise et le travail de toute ma vie tourne autour de la connexion humaine, donc je pense qu'intellectuellement ce qui me vient en premier est que la connexion humaine est le sens. »

https://www.vice.com/en/article/y3vx5x/mark-zuckerberg-says-he-is-aware-he-will-die-someday-discusses-meaning-of-life

**Fripon**

Elle lit :
Le *trickster* est un personnage de conte qui fait preuve d'un grand degré d'intelligence ou de connaissances secrètes, dont il se sert pour jouer des tours ou désobéir aux normes établies et défier les comportements conventionnels.
Décrit comme un « passeur de frontières », le *trickster* franchit et souvent enfreint les règles de l'ordre social et naturel, perturbant de manière ludique la vie normale pour la rétablir ensuite sur de nouvelles bases.

Si le *trickster* est un faiseur de tours, il ne s'agit pas pour lui de se donner en représentation. Ses intentions peuvent être diverses, mais elles ne sont généralement pas clairement exposées, restant internes au personnage. D'une histoire à l'autre, le *trickster* est sage ou fou, héros du conte puis méchant dans le suivant. La figure mythologique du Coyote incarne souvent le rôle de *trickster* dans les histoires traditionnelles de l'Ouest, en particulier parmi les peuples autochtones de Californie. C'est lui qui vole le feu des dieux (étoiles, lune, soleil), il change le cours des rivières, crée de nouveaux paysages, obtient des choses sacrées pour les gens. Qu'il soit noble de caractère ou malveillant, il est toujours doté des mêmes pouvoirs magiques de transformation, de résurrection et de guérison.
Dans de nombreux rituels des Premières Nations, la présence du *trickster* devait rappeler que le sacré passe par la perturbation, le renversement, la surprise ; il était impensable de prier avant d'avoir ri, car rire ouvrait et libérait des idées préconçues rigides. Dans ces traditions, le *trickster* est essentiel à la création, à la naissance.
https://en.wikipedia.org/wiki/Trickster

Elle lit :
La figure du *trickster* apparaît également dans l'ouvrage *Le Fripon divin* du psychanalyste Carl Jung. Il l'envisage comme un archétype présent en chaque être humain, qui permet le dialogue intérieur nécessaire pour se situer dans le monde. L'adulte chercherait à retrouver

toujours cette forme de conversation avec l'enfant qu'il était et qu'il lui semble être toujours face à l'Univers vaste, rempli de dangers et d'espoirs. Pour Jung, l'« enfant divin » demeurant en chacun désigne non pas une inconscience enfantine, mais une capacité de renaissance et de renouvellement.

https://www.leconflit.com/2017/10/archetypes-de-carl-gustav-jung-trickster.html

**Diable 1**

Nuit noire. Se garer au bord de l'eau.
The Interval, bar de la Long Now Foundation, San Francisco.

Matthew Liston, pionnier de la blockchain, crypto-prophète, fondateur de la religion 0xΩ, commande un cocktail.

ELLE

Pourquoi « 0xΩ » ?

MATTHEW LISTON

Les adresses de la blockchain Ethereum commencent par « 0x », c'est la première façon de signifier qu'il s'agit d'une adresse blockchain. C'est comme un numéro de banque qui permet d'envoyer et de recevoir de l'argent en cryptomonnaie. « Ω » vient de ce philosophe religieux jésuite des années 30 [Pierre Teilhard de Chardin] qui a développé la conception du point Oméga comme une idéation physique de la fin des temps : le point ultime du développement de la complexité et de la conscience, qui a acquis absolument toutes les informations, et vers lequel se dirige l'Univers.

ELLE

Partons de l'origine, la blockchain : pourquoi cette technologie de stockage et de transmission d'informations sans organe de contrôle comme fondement de votre religion ?

MATTHEW LISTON

Si vous considérez les crypto-monnaies, le Bitcoin par exemple, le système dans son ensemble dépend grandement du nombre de personnes qui y prennent part en faisant des transactions. Cela repose donc sur une boucle de rétroaction, où les personnes qui croient que la crypto-monnaie a de la valeur l'utilisent et participent dans le même temps à une sorte d'évangélisation qui pousse de plus en plus de gens à croire en sa valeur et à s'y engager. C'est un peu la mécanique d'un schéma pyramidal, qui, d'une certaine manière, s'applique aux systèmes à la fois économiques et de croyance.

ELLE

Et la destination ? Pour Teilhard de Chardin, le point Oméga est à la fois l'aboutissement et la cause de cette évolution : comment proposez-vous d'atteindre cette conscience collective ?

MATTHEW LISTON

Dans 0xΩ, l'idée est de payer les gens pour qu'ils téléchargent leurs données, jusqu'au moment où, la technologie progressant, ce sera leur conscience qu'ils uploaderont dans le système et que l'on pourra traiter.

(il pose son téléphone sur la table)

Notre identité numérique tend à devenir plus prégnante que notre identité réelle. Mes publications sur Twitter, Instagram ou Facebook, mes interactions par le biais de la messagerie en ligne, ma mémoire mieux préservée par certains de ces contenus que dans mon propre esprit, etc., toute cette activité crée intrinsèquement un nouveau système d'identité. C'est en train de se produire – pas le téléchargement de notre esprit, ni notre transformation en cette sorte de dieu ultime, mais je pense que cela s'inscrit dans un processus graduel qui a déjà commencé. Et proposer aux gens de les payer pour leurs données, à l'inverse de plateformes comme Facebook où ils partagent leur contenu gratuitement et sans savoir s'il leur appartient, participe d'une attention à l'économie qui les traverse pour, plutôt qu'un parti unique afin d'en tirer les bénéfices, bâtir une sorte de fonction de gouvernance collective.

La musique est forte, elle se concentre sur le visage de son interlocuteur. Elle comprend que les textes sacrés, la structure et la nature même de la religion 0xΩ auraient ainsi vocation à s'élaborer et évoluer de manière partagée, décentralisée et dynamique, façonnés par les croyants eux-mêmes.

ELLE

Que peuvent espérer vos fidèles après la mort ?

MATTHEW LISTON

La vie après la mort a une grande importance dans les religions, mais il est souvent difficile d'en donner des faits observables. Quand un adepte de 0xΩ meurt, ses avoirs peuvent être placés dans un portefeuille numérique contrôlé par un algorithme qui a collecté ses données et ses actions tout au long de sa vie, a modélisé la façon dont il agirait, et il peut donc continuer à gérer son capital depuis l'au-delà.

Elle reprend un verre.

ELLE

Vous avez lancé 0xΩ en 2018. Depuis, vous semblez vous être éloigné de votre mission autodéclarée de prophète – avez-vous en quelque sorte perdu la foi ?

MATTHEW LISTON

Deux mois à être considéré comme prophète religieux, c'était plus qu'assez. Mon introversion a repris le dessus, et je me suis caché.

(il sourit tranquillement)

0xΩ, c'était en partie une critique flagrante des crypto-monnaies. Pas pour dire que ces choses n'ont pas de valeur du fait que ce sont juste les gens qui les augmentent en y croyant – au contraire, c'est ce qui est fondamentalement intéressant. […] Dans la génération des *millennials*, il y a une rupture, pas seulement avec la foi, mais aussi avec des aspects de la réalité tels que : le système économique fonctionne, nous avons un bon avenir, ce que nous voyons aux infos est vrai. Tout est en train de se désintégrer, les gens se détachent des systèmes traditionnels et doivent trouver des moyens d'avoir des interactions plus significatives avec leurs communautés et leurs croyances, que ce soient des sous-cultures politiques, un intérêt partagé pour un mème ou une musique particulière. On en voit déjà les prémices, il existe des groupes sur Tumblr, des choses qui se développent autour d'un certain hashtag, 4chan… 0xΩ, c'était surtout se demander : et si nous avions des structures différentes pour appréhender ces croyances, prendre des décisions et interagir avec elles ? Je ne suis pas sûr que la dimension économique en particulier soit la bonne façon de faire.

**Diable 2**

Elle apprend qu'il s'est ensuite pleinement consacré au développement d'une expérimentation sur lui-même avec diverses combinaisons de drogues ; à ses yeux toujours une forme spirituelle, mais cette fois individuelle, entre *brain hacking* [piratage de cerveau] et *personal life journey* [parcours de développement personnel]. Elle saisit mieux l'impossibilité de le joindre pendant plusieurs mois. Il raconte son projet d'un night-club qui proposerait, par des substances chimiques et une privation de stimuli sensoriels, de réinvestir son identité numérique fragmentée au lieu d'y être soumis – une expérience où les algorithmes seraient considérés non plus comme une force coercitive ou inhumaine, mais au contraire comme un outil pour travailler avec les émotions. Elle évoque la concomitance attestée entre vague psychédélique et émergence de l'informatique dans les années 1960. Elle l'interroge.

MATTHEW LISTON

Chaque fois que je réalise que ce que je fais est un cliché de San Francisco – une expérience avec des drogues psychédéliques et l'utilisation de la technologie –, je me déteste.

(il rit)

J'aimerais beaucoup voir se réaliser l'intention première de ceux qui ont conçu Internet. Et en fabriquant un Internet décentralisé où les gens possèdent leurs données, interagissent avec d'autres sans passer par Facebook, en le réarchitecturant d'une manière qui soit potentiellement meilleure pour le plus grand nombre, le mouvement de la crypto-monnaie m'a idéologiquement donné l'espoir de renouer avec ses origines. Seulement, vu que depuis les années 1990 la trajectoire de la technologie vise plutôt à concentrer le pouvoir dans quelques entreprises, à dégager le plus de valeur possible, à cloisonner Internet en le clivant, et, vivant ici, vu mes interactions avec les gens, la perspective de l'avènement de cet idéal utopique me semble clairement vouée à l'échec.

Avant de reprendre le volant, elle parcourt les vitrines du bar.

**Long**

*Now* [Maintenant] équivaut à 3 jours : hier, aujourd'hui, demain.
*Nowadays* [De nos jours] équivaut à 30 ans : la décennie précédente, cette décennie, la prochaine décennie.
*The Long Now* [le Long Maintenant] équivaut à 20 000 ans : de 08000 avant J.-C. à 12000 après J.-C.

Présidée et cofondée en « 01996 » par Stewart Brand, la Long Now Foundation vise à favoriser la pensée au long terme, à l'échelle temporelle d'une civilisation – les dix mille dernières et prochaines années, soit « le Long Maintenant ».

Une photo. *The Clock of the Long Now* est un immense monument mécanique conçu pour garder l'heure exacte pendant dix mille ans, toujours en train d'être construit dans la profondeur d'une montagne de l'ouest du Texas – aucune date d'achèvement n'a été fixée.

Une photo. *Rosetta* est un projet qui a compilé des milliers de langues humaines et fabriqué le *Rosetta Disk* pouvant conserver ces informations de manière accessible pendant des milliers d'années, dont un exemplaire a été déposé en « 02016 » sur une comète et un autre en « 02018 » sur la Lune.

Encore. Une arène de paris sur les prédictions à long terme (*Long Bets*). Une bibliothèque de reconstruction de civilisation (*Manual for Civilization*).

Elle est maintenant prête à suivre la lumière de ses phares sans se perdre.

**Quantum**

L'ère de la puce au silicium pourrait vivre ses derniers moments, remplacée par l'ordinateur quantique : « un

“super-ordinateur ” qui s’appuie sur les phénomènes de la mécanique quantique pour effectuer des opérations sur des données. À la différence des ordinateurs traditionnels, l’ordinateur quantique ne travaille pas sur des données binaires (des 0 et des 1), mais sur des bits quantiques, ou qubits (quantum + bit), des unités de stockage d’information dont l’état quantique peut posséder plusieurs valeurs (c’est le principe quantique de la superposition).
Bernard Ourghanlian, directeur technique de Microsoft France, l’explique en prenant l’exemple d’un labyrinthe : “Quand on entre dans un labyrinthe, on a des dizaines et des dizaines de chemins possibles. Ce que fait un ordinateur traditionnel, c’est qu’il les explore un à un. Cela va prendre un certain temps, même s’il est doté de plusieurs processeurs, car chacun des processeurs exécute le même algorithme en parallèle. Avec un ordinateur quantique, la grande différence, c’est qu’on est capable d’explorer tous les chemins en même temps. On va évidemment aller beaucoup plus vite.”
Un ordinateur quantique ne réalise pas un calcul de manière séquentielle, mais considère toutes les hypothèses en même temps. Par conséquent, il est capable de traiter des données en un temps record : des dizaines et des dizaines de millions de fois plus vite qu’un ordinateur traditionnel », ouvrant ainsi des perspectives prodigieuses pour l’intelligence artificielle.
https://experiences.microsoft.fr/articles/quantique/ordinateur-quantique-explications/

Faire le plein à la station-service.
Entrer Winchester House dans le GPS.
Quarante et unième jour sur la route.

En 1862, William Wirt Winchester, fils du fabricant de la célèbre carabine, épouse Sarah Lockwood Pardee. En 1880, il prend la succession de son père à la Winchester Repeating Arms Company, mais meurt l'année suivante de la tuberculose. Leur fille étant décédée précocement, Sarah Winchester pense qu'une malédiction s'est abattue sur sa famille et fait appel à un médium. Selon lui, la famille Winchester et sa fortune seraient hantées par les esprits des soldats de la guerre civile, des indigènes et de toute personne tuée par *the gun that won the West* [la carabine qui a conquis l'Ouest] – ainsi que sont appelées les armes Winchester – : par vengeance, ces esprits seraient responsables de la mort de ses proches, et elle serait la suivante. Il ajoute qu'elle peut néanmoins agir : se déplacer vers l'ouest et apaiser les esprits en construisant une maison assez grande pour leur servir de foyer ; et tant que la demeure sera en travaux, elle vivra.

Sarah Winchester s'exécute, déménage à Menlo Park en Californie, et en 1884 elle achète à San Jose une ferme de huit chambres. Elle est alors l'une des femmes les plus riches du monde et engage l'équivalent actuel de 71 millions de dollars pour la rénovation et l'agrandissement de la maison. 24 heures sur 24, 7 jours sur 7, 365 jours par an pendant 38 ans, le chantier est continu. Chaque nuit, Sarah Winchester se retire dans la *Blue room*, pièce privée et vide au centre de la maison, où elle consulte les esprits sur les travaux à effectuer. Chaque matin, elle remet à son maître d'œuvre de nouveaux plans à réaliser. Elle fait de sa maison un endroit déroutant pour naviguer, les portes et les escaliers ne menant parfois nulle part, et pour brouiller encore les pistes aux esprits malveillants elle ne dort jamais dans la même chambre deux nuits de suite.

2000 portes, 10000 fenêtres, 40 escaliers, 47 foyers de cheminée, 13 salles de bains, 6 cuisines, 160 chambres sont dénombrés lorsque les travaux s'arrêtent en 1922, le jour de la mort de Sarah Winchester.

La Winchester Mystery House (dénomination suggérée en 1924 par le magicien Houdini) qui se visite aujourd'hui n'autorise pas les photographies. Elle note : Dans une pièce, une fenêtre au sol. Le nombre 13 présent sous une forme ou une autre dans toutes les pièces. *Seance room*. Pas de *blue print*. Faire un livre comme ça ! Tapisserie papier gaufré. Sur les vitraux de la salle de réception, deux citations de Shakespeare dont le sens reste une énigme :

*Wide unclasp the tables of their thoughts*
*These same thoughts people this little world.*

En 1975, des ouvriers découvrent une pièce jusqu'alors inconnue. Derrière une porte verrouillée, deux chaises et un phonographe datant de 1900. Il est possible que Sarah Winchester ait oublié cette pièce et construit autour d'elle.

En 2022, « un reportage [...] révèle que [...] [ce serait] un article du *San Francisco Examiner* de 1907 qui [aurait affirmé] le premier [...] qu'[elle] construi[sait] cette maison pour égarer les esprits. [...] au fil du temps, d'autres journaux se mirent à broder sur ce premier article, alors que Sarah Winchester, qui vivait isolée dans sa maison, n'a jamais pris la parole publiquement ni pris la peine de contredire les rumeurs. Les historiens concluent que Sarah Winchester n'aurait jamais craint d'esprits mais qu'elle a simplement laissé parler sa créativité et profité de son immense fortune pour construire cette maison ».
https://fr.wikipedia.org/wiki/Maison_Winchester

**Œil**

Écrire à Joseph Evans, *Archivist and Museum Collections Manager* des Henry W. Coil Library and Museum of Freemasonry, San Francisco.

Il répond : Oui, les francs-maçons ont joué un rôle majeur dans les prémices de l'organisation de la Californie et la fondation de nombreuses villes et colonies pendant la ruée vers l'or à la fin des années 1840 et durant les années 1850, puis partage différents liens, notamment vers le site internet officiel de l'État américain qui explicite le Grand Sceau dont le verso figure la pyramide avec l'œil – connu sous le nom d'Œil de la Providence, écrit-il.

Elle clique.

L'Œil de la Providence serait un symbole maçonnique.
La pyramide serait un symbole maçonnique.
De nombreuses théories du complot voient dans le revers du Grand Sceau un signe de l'influence de la franc-maçonnerie sur le gouvernement des États-Unis. Parmi les indices, ou supposés tels, est avancé le décryptage du mot *mason* [maçon] qui apparaît en superposant à la pyramide existante son image inversée – cinq pointes désignant alors chacune une lettre dans les devises qui l'entourent pour former M-A-S-O-N, la sixième pointe, celle avec l'œil, visant vers le haut l'espace vide entre deux mots.
https://fr.wikipedia.org/wiki/Grand_sceau_des_États-Unis

Elle clique.

Pour les déistes francs-maçons, l'idée de Dieu était innée dans l'esprit humain depuis ses origines, de telle

sorte que par l'usage de son intelligence, l'homme peut arriver à la reconnaissance de l'existence de Dieu. Dans le billet d'un dollar [dessiné en 1935], les pères fondateurs de la nation ont inscrit symboliquement leur vision du monde et leur mythe fondateur.
https://fr.wikipedia.org/wiki/Œil_de_la_Providence

Elle clique.

Le terme « franc-maçonnerie » désigne un ensemble d'espaces de sociabilité sélectifs qui recrutent leurs membres par cooptation et pratiquent des rites initiatiques se référant à un secret maçonnique et à l'art de bâtir. Elle prodigue un enseignement progressif à l'aide de symboles et de rituels.
Elle encourage ses membres à œuvrer pour le progrès de l'humanité, tout en laissant à chacun le soin d'interpréter ses textes. Sa vocation se veut universelle, bien que ses pratiques et ses modes d'organisation soient extrêmement variables selon les pays et les époques. Apparue en 1598 en Écosse, il semble presque impossible de donner une définition unique de la franc-maçonnerie. Certains spécialistes du sujet estiment même qu'il y aurait autant de définitions que de francs-maçons.
https://fr.wikipedia.org/wiki/Franc-maçonnerie

Continuer.

Elle branche sa caméra. L'homme élégant s'installe devant un fond vert.

STEVEN RASPA

Je déteste les selfies ! Mais je les trouve aussi très intéressants. Peut-être sont-ils une étape de l'évolution. Peut-être avons-nous besoin de nous regarder un peu plus, afin de comprendre où nous nous situons dans le monde, notre pouvoir, et l'influence que nous pouvons avoir les uns sur les autres. Même si c'est en comptant le nombre de *likes* – *like*, *like*, *like*, *like*, *like* ! Les *likes*, d'ailleurs, ne font que perpétuer une forme d'invocation sacrée. Vous savez, il a toujours été dit que prononcer le nom de quelque chose, c'est convoquer sa présence. Si vous appelez quelqu'un par son nom, il est probable qu'il réponde. Si je dis : Stéphanie, vous répondrez sans doute : Oui, Steven, que voulez-vous ? Ça marche, donc les *likes* marchent. Nous prêtons tous plus d'attention. Mais après, portons attention aux choses qui en valent la peine !

Quartiers généraux de Burning Man, San Francisco.

STEVEN RASPA

Test, test. Ça enregistre ? Tout fonctionne ?

Merveilleux. Mon nom est Steven Raspa. Je suis directeur associé de Burning Man.

Initié sur une plage de San Francisco en 1986, Burning Man n'est pas un festival ou un événement conçu avec un programme destiné à divertir un public. C'est une communauté éphémère de 80 000 participants du monde entier venus créer, constituer, expérimenter l'équivalent d'une ville comme célébration géante dans le désert de Black Rock au Nevada. Au bout de neuf jours en totale autonomie, sans voitures ni argent (les deux étant proscrits), après avoir brûlé la sculpture d'un humanoïde géant, les *burners* quittent le site sans laisser derrière eux aucune trace.

ELLE

Que dit Burning Man de l'endroit du monde qui l'a vu naître ?

STEVEN RASPA

Pour les premiers colons européens venus de l'Est vers la côte Ouest lors de la ruée vers l'or, c'était un endroit où, si l'on parvenait à s'en sortir, on pouvait refaire sa vie, voire son identité, pour le meilleur. Vous pouviez être libre, vous pouviez penser de manière nouvelle. Ils accueillaient l'excentricité, parce que tout le monde venait d'ailleurs. Quand vous avez beaucoup d'outsiders dans un lieu nouveau, il n'y a pas de façon « normale » de faire les choses. Pour les pionniers, c'était le terrain de toutes les possibilités ; et je pense que Burning Man est en partie inscrit dans cette généalogie.

ELLE

En offrant un contexte propice à expérimenter d'autres versions de soi, peut-on penser que Burning Man agit comme une réalité parallèle ?

STEVEN RASPA

Ce n'est pas pour rien que des gens se rendent dans le désert depuis des milliers d'années pour trouver des réponses à leurs questions, et que de nombreuses religions dans le monde ont des histoires basées sur un voyage épique qui nécessite de s'éloigner de tout ce que l'on connaît, associé à une sorte d'endurance personnelle ou de traumatisme, pour percevoir les choses d'une façon nouvelle. [On retrouve également cette pratique dans les traditions des Autochtones d'Amérique du Nord, nommée *vision quest* par les anthropologues du XIXe siècle et dont le New Age s'est inspiré pour développer une forme de tourisme spirituel.] Je pense que la réalité virtuelle et la réalité augmentée font la même chose : permettre de voir le monde différemment. C'est un outil, qui nous aide à comprendre que nous pouvons tout à fait agir sur le réel, le modifier. [...] Avec Burning Man, d'une certaine manière, nous fournissons une méthode pour « hacker » la société, essayer de trouver de meilleures façons d'être, en tant que personnes et aussi en relation avec les autres.

**Soleil 2** (avec ses bras, il forme une sphère invisible)

Sommes-nous seulement ce que notre peau contient, ou notre sens du soi s'étend-il un peu au-delà, à ce qui nous entoure ? Sommes-nous prêts à aller plus loin ? Nous pouvons nous définir par les proches que nous aimons, en qui nous avons confiance, qui nous éclairent sur ce que nous sommes. Et si nous élargissions encore cet espace ? Nous le faisons quand nous parlons d'identité nationale. Et si nous allions toujours plus loin ? À mesure que je me déplace dans le monde et que je rencontre davantage de personnes et de cultures différentes, et même celles que je ne découvre que virtuellement, peuvent-elles aussi devenir une partie de *moi* tel que je le conçois ? Nous pouvons encore étendre cet espace aux différentes espèces, à toute matière vivante, toute énergie. C'est à nous de décider qui nous sommes et où s'arrête notre perception de nous-mêmes. Mais j'ai la conviction qu'il est plus gratifiant de savoir que nous ne sommes pas seulement ce qui est suspendu à nos os.

ELLE

Dépasser l'idée du *self* [soi], est-ce un antidote à la mort ?

STEVEN RASPA

Ma mère est morte en octobre dernier. Voilà longtemps que je n'ai pas eu peur de ma propre disparition, mais celle de ma mère m'effrayait. Cette nuit-là, quand je la tenais dans mes bras et qu'elle a rendu son dernier souffle, j'ai réalisé que ma peur était morte avec elle. Peut-être que lorsque mon heure viendra je serai terrifié ; mais pour l'instant, non. L'une des choses qui m'y ont aidé, je pense, c'est cette expérience de vie en communauté, d'être aimé et encouragé, de vivre tous les ans ce cycle de l'éphémère, de répéter ce geste de bâtir une ville temporaire avec une œuvre d'art centrale. Ce n'est pas une aventure que nous vivons de manière isolée. Nous créons la ville et l'expérience tous ensemble. Cela m'a permis d'envisager chaque jour comme une vie – lorsque je me lève le matin, mes premiers mots sont : *Hooray, it's the start of a new life!* ; et, le soir venu, je passe en revue mes relations, mes choix, la façon dont j'ai évolué dans le monde aujourd'hui. Je ne m'endors pas en colère. Je n'entretiens pas de rancune. Je n'ai donc pas peur de ma mort parce que je suis devenu bon dans cette activité en la pratiquant conceptuellement tous les jours. Et cela m'a aussi projeté hors de mon propre corps et de ma durée de vie limitée, pour me sentir connecté à toutes les personnes qui sont venues avant moi et toutes celles qui viendront après moi.

(il sourit)

Dans ce sens, je me sens plutôt immortel à cet instant.

Elle coupe le micro. Il éteint la lumière. Son *hug* de départ aussi est élégant.

Ce soir, dans un motel sur la route de Santa Fe, elle a fermé sa porte mais les insectes entrent par les coins, des criquets chantent dans sa chambre.

**Univers**

Dans la thèse que le physicien américain Hugh Everett III avait rédigée en 1956, « [i]l faisait l'extraordinaire déclaration que, comme les notions quantiques s'appliquaient si bien à l'échelle infinitésimale, elles devraient tout aussi bien s'appliquer, et donc être prises au sérieux, à notre échelle à nous. Les briques quantiques étant constitutives de l'intégralité de ce qui existe dans notre Univers, tout notre Univers devrait donc être appréhendé comme une gigantesque onde quantique, somme des possibilités et impossibilités

de tout ce qu'il contient, imaginables ou non, toutes ces possibilités existant simultanément [...].
Selon ce point de vue, aucun effondrement ne se produit jamais. Toutes les possibilités existent à chaque instant, mais elles ne sont pas visibles : l'Univers se ramifie chaque fois qu'un choix doit être fait, qu'il soit imposé par une expérience, une pensée ou par quoi que ce soit d'autre.
Pour Everett, la physique quantique impose qu'il devrait exister une inconcevable multitude d'univers parallèles où toutes les possibilités, toutes les alternatives de toutes les interactions possibles, sont réalité. [...]
Selon son interprétation, aucun choix réel n'est jamais effectué dans la nature. Toutes les possibilités se produisent. Mais [nous l'ignorons], car ces univers parallèles nous sont inaccessibles. [...]
L'idée d'Everett est tellement bizarre que peu de ses confrères ont daigné, à l'époque où il l'a avancée, ne serait-ce qu'y prêter la moindre attention. Toutefois, elle est maintenant prise au sérieux par quelques-uns des plus grands physiciens de notre temps, et de nombreux modèles mathématiques relatifs aux origines de l'espace-temps l'utilisent. Aucune confirmation (ou infirmation) expérimentale de cette idée n'est certes en vue, mais c'est une raison séduisante pour expliquer pourquoi la réalité dans laquelle nous vivons n'est pas une superposition de possibilités quantiques : les possibilités qui nous échappent sont bien réelles, mais se trouvent ailleurs».

*L'Univers à portée de main*, Christophe Galfard, 2015

# IX. Eux, rationnels

**Étoile 1**

Quitter Las Vegas.
Rouler jusqu'au désert de Sonora.
Vingt-huitième jour sur la route.

Earnie Frost, *Cherokee Red Fire Priest.* « Trésor culturel national vivant. »
Il dit : Suis-moi.

Attendre qu'un train passe. S'enfoncer dans le désert.
Longtemps.
Arriver. Il pleut brutalement, la nuit tombe.

La caravane, Earnie assis en tailleur, une lumière derrière lui, son visage à peine visible. Pas d'enregistreur, pas d'appareil photo, accepter d'oublier sa voix, son image, son contour.

Il sort une image polaroid.

EARNIE FROST

C'est là que nous irons demain. Je te montrerai cet endroit, et puis je t'emmènerai dans son cœur le plus sacré. Je te laisserai seule, peut-être l'esprit te parlera. Bonne nuit.

Marcher sous un soleil puissant.
Abritant de son chapeau une pierre en bord de sentier, il révèle un pétroglyphe : c'est une carte, et le chemin est sinueux.

Arriver à l'ombre d'un arbre.
Découvrir les vestiges d'un lieu où les femmes venaient accoucher.

EARNIE FROST

C'est le Birth Site of the Seven Sisters [le Berceau des Sept Sœurs]. Regarde.

Il s'accroupit.
Il trace des lignes dans le sable.

EARNIE FROST

Si l'on suit ces murs de pierres qui nous entourent, ils dessinent quoi ?

*A vulva.* Une vulve.

EARNIE FROST

Maintenant, viens avec moi.

Avancer entre les ruines, parvenir à un espace circulaire, petit, presque clos.
Il tape sur les pierres empilées, chasse les serpents.

EARNIE FROST

Ici c'est le centre de l'énergie, c'est le cœur du Birth Site, c'est le clitoris. Je te laisse. Fais comme bon te semble. Sache juste que quoi qu'il apparaisse, ou que tu entendes, quoi que ce soit, vient des esprits qui sont là. C'est essentiellement une sorte d'illusion. Mais cela devrait avoir une certaine signification à tes yeux. Tous ceux que j'ai amenés ici me disent qu'ils reçoivent des réponses – et toujours dans leur langue maternelle. Donc les femmes qui veillent sur cet endroit parlent manifestement toutes les langues !

Seule.
Soleil écrasant.
Entendra-t-elle sa voix ?
Pourra-t-elle l'enregistrer ?
Se trouver ridicule.
Se demander ce qu'elle fait là.
S'oublier cinq minutes.

Ne plus contrôler chaque trou entre les pierres.
Couper le micro.
Fermer les yeux.

Respirer.

Elle ouvre les yeux, elle est éblouie, et elle voit les collines rondes, protectrices, et elle voit les cactus qui s'élèvent et l'entourent, les *saguaros*, chacun à la bonne distance.

D'accord, à la question qu'elle vient de poser, elle n'aura pas la réponse aujourd'hui. D'accord, c'était sans doute un peu trop, une autre fois, peut-être.

Elle sort du cercle. Elle aperçoit deux blocs de pierre plus grands que les autres insérés dans l'un des murs construits plus haut. Elle s'approche. Elle pose sa main gauche sur le rocher blanc. Elle veut poser sa main droite sur le rocher noir. Elle doit faire quelques pas. Elle retourne dans le cercle.

**Étoile 2**

Elle redescend, elle prend son temps, elle regarde où elle pose ses pieds. Sans jamais s'arrêter de marcher, elle se penche trois fois, sans jamais chercher, elle ramasse trois cailloux. Elle découvre dans sa main une pointe de flèche, une pierre en forme de cœur, une autre pointe avec des dents.

Earnie l'attend à l'ombre.

EARNIE FROST

Celle-ci, c'est une pointe de flèche très rare, pour les cérémonies sacrées.

(un long silence)

Alors ?

Elle est incapable de lui dire qu'aux esprits de ce lieu qui a accueilli la naissance de combien d'humains elle a demandé : Pourquoi ? Pourquoi nous sommes là, pourquoi nous venons au monde, rien de moins que le sens de la vie. Qu'on lui a répondu, dans un immense éclat de rire, qu'elle n'aurait pas la réponse aujourd'hui. Qu'il lui fallait être patiente. Qu'on lui a dit : Regarde autour de toi, les âmes, la beauté, ces *saguaros* sont vraiment des silhouettes habitées. Emporte avec toi quelque chose, une pierre, pour te souvenir que nous sommes là. – Choisis-la pour moi, elle a demandé, donne-la-moi, je la prendrai.

À Earnie, elle parvient seulement à dire :

ELLE

Tu sais, j'ai un esprit plutôt rationnel…

EARNIE FROST

Je sais. Moi aussi.

ELLE

Ce qui est sûr, c'est que l'on n'est pas seuls ici.

Il sourit.

ELLE

Que sont ces deux grosses pierres là-haut ? Une pierre blanche et une pierre noire.

EARNIE FROST

Le Bien et le Mal. L'équilibre.

Bien sûr.

Earnie la raccompagne lentement jusqu'à la route. Au dernier embranchement des pistes, il descend de son pick-up et la prend dans ses bras, comme un Cherokee qui quitte un ami pour longtemps, jusqu'à ce que leurs cœurs battent à l'unisson.

EARNIE FROST

N'oublie pas que quand une situation est inconfortable, ce n'est pas inéluctable. Tu peux toujours partir.

ELLE

Merci.

Demain, rencontrer la fondatrice d'un institut de cryogénisation.
Ce soir, dormir à Phoenix.

# X. La Lune en voiture

**Lune**

« *Why haven't we seen a photograph of the whole Earth yet?* » [Pourquoi n'avons-nous toujours pas vu de photographie de la Terre en entier ?]

C'est le message que Stewart Brand diffuse en 1966 sur des badges en guise d'adresse publique à la NASA. Un après-midi sur le toit de sa maison à San Francisco après avoir pris du LSD, il lui est apparu comme une évidence qu'une photographie de la Terre vue depuis l'espace pourrait changer radicalement la perception de la planète et favoriser un sentiment de destin partagé – le choc cognitif provoqué par cette vision étant aujourd'hui avéré par certains astronautes, et nommé *overview effect*.

Finalement réalisée en 1967 à partir d'un composite d'images satellites, c'est cette photographie que Brand choisit en couverture du premier numéro du *Whole Earth Catalog*, conçu dans un garage et édité depuis

Menlo Park avec un groupe d'amis. En quatrième de couverture, le cliché d'une éclipse solaire et la légende : « *You can't put it together. It is together.* » [Il ne s'agit pas d'assembler. C'*est* un tout.]

Dans l'avant-propos du catalogue, la définition donnée par Brand de l'objectif du projet : « Nous sommes les égaux des dieux et notre responsabilité est immense. Jusqu'à présent, le pouvoir et la gloire exercés à distance – *via* le gouvernement, les grandes entreprises, l'université, l'église – ont prospéré au point que désormais leurs défauts cachent leurs qualités. Pour résoudre ce dilemme et pour faire honneur à ces qualités cachées, se développe un univers autour d'un pouvoir personnel et intime – le pouvoir de l'individu à s'éduquer lui-même, trouver sa propre inspiration, modeler son environnement et partager son aventure avec qui le désire. Le *Whole Earth Catalog* répertorie et promeut des outils qui soutiennent cette démarche. »
*Aux sources de l'utopie numérique*, Fred Turner, 2006

Publiés essentiellement entre 1968 et 1972, les *Whole Earth Catalogs* prônent le *Do it yourself* et compilent donc les outils jugés utiles, du matériel de maçonnerie aux premiers ordinateurs, indiquant les prix et les vendeurs à contacter directement. Dans les années 2000, le fondateur d'Apple, Steve Jobs, dira : « C'était un peu comme Google en format papier, trente-cinq ans avant Google. »

San Francisco, 2017, puis 2018, puis 2019.
Elle écrit : Stewart Brand, convaincue que vous êtes un personnage crucial pour comprendre l'état d'esprit que ce territoire spécifique apporte au monde, j'aimerais beaucoup vous rencontrer.
Des silences.
Une réponse.
Deux mots : *Thanks. Can't.* [Merci. Je peux pas.]

**Pendu 1**

Intérieur d'une voiture depuis la position du siège passager. Le pont du Golden Gate visible au travers des vitres et du toit panoramique.
Sans conducteur, la voiture continue sur l'US-101 North en direction d'Eureka. Sortie 467, San Antonio Road. Un panneau avec une flèche pointant à gauche : Institute of Noetic Sciences.

À destination, le véhicule autonome se positionne à côté d'un arbre. Au milieu des collines, un ensemble de petites constructions modernes. Un employé qui fête Halloween en tenue d'abeille passe d'un bâtiment à l'autre. La portière côté conducteur s'ouvre. C'est elle. Enfin, c'est son avatar, tel qu'il apparaît dans le casque de réalité virtuelle qui vous coiffe.

Écran noir : *Twelve West Coast Stations – X.*
Écran noir : *Featuring* Dean Radin, docteur en psychologie, ingénieur, directeur scientifique de l'Institute of Noetic Sciences.

Elle prend le volant et se dirige vers le soleil couchant.

DEAN RADIN

L'Institute of Noetic Sciences (IONS) a été créé il y a près de cinquante ans par l'astronaute Edgar Mitchell, sixième homme à être allé sur la Lune, avec la mission Apollo 14. Lors du vol retour, il a eu une expérience mystique, ressentant une unité avec l'Univers, et est revenu sur Terre déterminé à engager le même niveau de science et de technologie ayant permis les voyages sur la Lune afin d'étudier, après l'espace lointain, l'espace intérieur.

ELLE

Les sciences noétiques ? C'est quoi ?

DEAN RADIN

« Noétique » fait référence à sa racine grecque *Noûs* ou *Noos* [dans le platonisme, c'est l'esprit en tant qu'il saisit intuitivement la réalité des choses, l'« Idée » au-delà des apparences sensibles], qui est connaître, dans son sens le plus large. Cela signifie donc la connaissance non seulement rationnelle et logique, mais aussi intuitive, psychique, mystique, et toutes ses autres formes. En fin de compte, ce qui nous intéresse, c'est la nature de la conscience, puisque c'est la façon dont nous pouvons connaître toute chose.

Sur la route, il arrive plein d'événements, des cascades, des insectes géants, des effets spéciaux. Elle continue de rouler tranquillement. L'entretien suit son cours. Quand elle parle, vous entendez sa voix dans votre oreille gauche, et l'autre voix de vos deux oreilles puisque c'est vous qui parlez – vous êtes à l'intérieur du corps de Dean Radin.

ELLE

La conscience !

DEAN RADIN

Si vous demandez à quelqu'un ce qu'est la conscience, il peut être confus, parce que c'est comme interroger un poisson sur ce qu'est l'eau. C'est tellement présent et évident que cela ne semble même pas appréhendable. La conscience émerge néanmoins comme une question lorsque les preuves suggèrent qu'elle peut s'étendre dans l'espace et le temps, alors que le cerveau ne semble pas pouvoir le faire. Pour chaque personne, elle est censée résider ici.

(il montre sa boîte crânienne)
Mais notre capacité à percevoir et à agir n'est pas limitée à cet endroit spécifique.

ELLE
D'accord, mais alors quels chemins concrets empruntez-vous pour approcher la conscience ?

DEAN RADIN
Nous prêtons attention aux expériences que les gens racontent. La télépathie, parce que les esprits semblent être connectés à distance. La précognition, parce que la perception semble transcender le temps. La clairvoyance, parce que la perception transcende l'espace. La psychokinésie, qui suggère que notre sens interne de l'intention, notre capacité à modifier le monde d'une manière ou d'une autre, n'est pas seulement possible par l'action directe, mais également par le mental agissant sur des choses à distance. Notre défi est de trouver des moyens d'amener tout cela dans un environnement de laboratoire, dans des conditions contrôlées, afin de pouvoir *voir*.

Vous avancez jusqu'au bout de l'US Route 66 qui s'achève net sur un ponton de Santa Monica à Los Angeles. Elle ne ralentit pas. Même, elle accélère. Mais plutôt que de plonger dans l'océan Pacifique, la

voiture prend un angle à quatre-vingt-dix degrés et poursuit sa route en remontant dans le ciel.
Il fait de plus en plus sombre.

ELLE

Les recherches que vous menez ont-elles modifié votre vision du monde ?

DEAN RADIN

Après avoir obtenu mon master en génie électrique, j'étais à peu près sûr que nous comprenions comment les choses fonctionnent. Lorsqu'on fait l'expérience de la précision des modèles mathématiques dont on dispose, on éprouve un certain sentiment de puissance : vous pouvez concevoir des choses entièrement nouvelles seulement par les mathématiques, et quand vous commencez à les tester, le plus souvent, elles marchent. C'est comme ça qu'on est allé sur la Lune. [...] Je n'ai jamais eu d'expériences psychiques ou mystiques. Mais je ne peux m'empêcher de vouloir comprendre pourquoi il existe cent ans ou plus de preuves de laboratoire quant à ce que l'on entend dans les récits, la télépathie et autres, avec des expériences qui semblent être bien conçues, répétables et concluantes.

Vous testez les boutons du tableau de bord. Si vous ouvrez la boîte à gants, vous trouvez une lampe à plasma, de celles utilisées à IONS pour explorer les interactions esprit-matière.

DEAN RADIN

Lorsque vous regardez la façon dont la science progresse, c'est presque toujours grâce à quelqu'un qui prête attention à une énigme, ou, plus important encore, une anomalie. Quelque chose qui ne cadre pas avec les théories ayant cours. Et il y a deux façons de gérer une anomalie. La première est de dire : c'est impossible, c'est une erreur, on va juste l'ignorer – c'est généralement ce qui se passe. La seconde, ce sont des endroits comme notre institut, où l'on dit : vous savez quoi ? Cette anomalie existe depuis le début de l'histoire humaine. Nous pouvons la voir se produire en laboratoire. C'est potentiellement réel – auquel cas la vision scientifique standard du monde est incomplète.

**Pendu 2**

ELLE

Alors, à quoi ressemblera la science agrandie de demain ?

DEAN RADIN

Eh bien, personne ne sait ce que l'avenir réellement réserve. Je peux imaginer que la science décrira de mieux en mieux certains aspects du monde physique, mais qu'elle continuera à rencontrer des anomalies – dont un bon nombre seront associées d'une manière ou d'une autre à la conscience – ; que nous éliminerons progressivement de la longue lignée d'idées ésotériques ce qui relève de la superstition, pour conserver certains éléments centraux qui, je pense, sont corrects. La science pourrait ainsi s'augmenter de la tradition ésotérique – si les deux visent la recherche de la vérité, elles doivent converger. [...] Alors [elle] ne ressemblera en rien à ce qu'elle est aujourd'hui. Nous aurons des technologies différentes, des pratiques autres en médecine, probablement des concepts nouveaux sur les origines de la vie, sur qui et ce que nous sommes, sur notre place dans l'Univers, sur la possibilité de la vie extraterrestre.

ELLE

(la tête lui tourne un peu)

Aujourd'hui, voyez-vous poindre l'aube de cette convergence ?

DEAN RADIN

L'*Homo sapiens* que nous sommes actuellement n'est peut-être pas suffisant. Sans doute avons-nous besoin d'être plus matures en tant qu'espèce pour nous sentir à l'aise avec l'idée qu'à un niveau plus essentiel nous pourrions faire partie d'un *hive mind* [littéralement « espritruche », pouvant être traduit par « intelligence ou conscience collective »]. Il y a une conscience collective dans laquelle nous nageons tous. Nous ne la voyons généralement pas – certains le peuvent, mais la plupart non, ou alors ils la suppriment simplement parce que l'idée est trop effrayante. […] C'est vrai, aujourd'hui, la réaction typique aux choses paranormales, si elles ne sont pas rejetées pour une raison religieuse ou scientifique, c'est la peur ; parce que nous avons peur d'être transparents. Nous aimons avoir une impression de souveraineté sur notre esprit et notre corps. Imaginez que quelqu'un mette au point une pilule magique, que vous la preniez et que soudain vous soyez parfaitement médium. Cela nous détruirait très rapidement, parce que nous ne sommes pas assez mûrs pour savoir que faire avec ça.

Une place de parking vous attend sur la Lune, elle se gare. On voit des traces de pas, le drapeau américain planté dans le sol. Elle éteint les phares. Tout est noir. Et par le toit panoramique, si vous levez la tête, vous voyez la Terre.

**Route**

Il y a autant de neurones dans un cerveau humain que de galaxies dans l'Univers.

Mis bout à bout, les neurones d'un cerveau humain égalent la distance de la Terre à la Lune.

En respectant les limitations de vitesse de l'État de Californie, il faut six mois pour conduire jusqu'à la Lune.

**Retour**

Elle interroge son GPS pour connaître l'hôtel le plus proche : il pointe Jamestown. Une chambre à soi, elle attend l'heure du dîner dans les boutiques de la rue principale en fête. À l'intérieur d'un tiroir rempli de photographies anciennes, dix-huit jeunes filles. Dans un même petit format ovale répété, leurs portraits en buste sur un fond évanescent. Pour quelques dollars, elle emporte avec elle leurs visages – probablement décollés d'un album de classe, dit l'antiquaire. Il lui tient visiblement à cœur d'ajouter qu'ici a été tournée une scène du film *Retour vers le futur III*.

Quand elle rencontre par l'intermédiaire de l'Institute of Noetic Sciences la médium Nicole Reilly, elle demande si ses capacités d'extralucide peuvent voir qui sont ces femmes silencieuses qui désormais l'accompagnent.

La voyante lui répond : Stéphanie, au début, j'ai eu l'impression qu'elles étaient dans une sorte de bordel, pourquoi, je ne sais pas. Plus je les lis, plus j'ai le sentiment qu'elles ont été envoyées dans un endroit qui ressemble davantage à une *finishing school* [école de bonnes manières pour jeunes filles]. Je ressens plutôt la fin du XIXe siècle, tout début du XXe. Je ne sais pas si c'est parce que je suis au Nouveau-Mexique, mais cela m'apparaît comme le sud des États-Unis.

D'e-mails en e-mails, sous ces yeux du futur, chaque image devient l'ébauche d'une vie. Cette jeune femme – À l'heure de ma mort, j'étais jeune. J'avais deux enfants, dont un nourrisson. Ma poitrine est congestionnée. C'est une agonie plutôt horrible, fièvre, sueurs nocturnes, douleur –, au moment où elle est photographiée, ses traits contiennent-ils déjà sa fin ?

Ce soir-là à Jamestown, le serveur qui lui apporta son plat raconta que, quelques années plus tôt, la partie ouest de la ville avait été détruite par un incendie probablement causé par un éclair.

**Cigare**

ROGER NELSON

Il est absolument nécessaire de décider ce que vous voulez savoir. De cette façon, vous pouvez apprendre n'importe quoi, tout ce que vous souhaitez. Il n'y aura de place pour ça qu'à partir du moment où vous poserez la question.

Barbe et cheveux blancs, sourcils fournis, deux yeux pénétrants, un profil à la Clint Eastwood.

ROGER NELSON

Savez-vous ce qu'est un carrousel ? Sur ces manèges, il y avait autrefois un anneau que l'on pouvait attraper. Si vous y parveniez, vous receviez un cadeau ; étrangement, l'un des lots pouvait être un cigare. Il y a donc un dicton qui dit, quand les choses ont failli marcher : *Close, but no cigar* [Presque, mais pas de cigare]. Donc, la représentation de l'identité, vous pourrez toujours vous en approcher, « mais pas de cigare ».

Université de Princeton.
Roger D. Nelson, directeur du *Global Consciousness Project* qui étudie, notamment grâce aux subventions d'IONS, la conscience collective et l'effet de l'esprit sur la matière, au travers d'un réseau mondial de générateurs numériques aléatoires mis en relation avec des événements occasionnant la communion de pensées ou d'émotions de millions de personnes.

ELLE

D'où vient la singularité individuelle, si nous sommes tous une part d'une même conscience globale ?

ROGER NELSON

C'est ce que le cerveau fait : il focalise. […] Peut-être l'identité n'a-t-elle pas de limites. Mais si on l'accepte comme une entité, comme une chose réelle, alors elle est limitative. Si je sais que je suis « ceci », alors j'ai du mal à être « cela », ou à m'épanouir en dépassant les frontières de mon « ceci ». Je pense que nous devrions nous battre pour ne pas être enfermés, contraints, ou freinés par une identité que nous avons adoptée ou choisie. […] Nous avons tous la capacité, en tant qu'êtres humains, d'être pleinement humains – mais, la plupart du temps, nous en sommes loin.

ELLE

Pourquoi ?

ROGER NELSON

Je pense que nous sommes distraits. Nous consacrons d'importantes quantités d'énergie et de temps à la poursuite de choses qui n'ont en fin de compte aucune valeur humaine. […] En un sens, nous avons échoué à reconnaître que le droit de naissance de tout individu est d'être créatif. […] Je crois que si nous faisons au mieux notre job d'êtres humains, alors nous deviendrons une sorte d'intelligence globale, ce que Teilhard de Chardin appelait la noosphère :

une fine couche d'intelligence, à l'image d'une fine couche d'atmosphère.

(il la fixe sans mots, puis reprend)

Pensez-vous qu'il y a un chemin qui existe déjà, que vous êtes en train de parcourir ? Qu'il y a quelque chose qui vous pousse dans le futur de ce projet ?

ELLE

(surprise, elle pose son stylo)

J'ai parfois l'impression d'être face à une montagne ; et il y a de nombreux chemins.

ROGER NELSON

Oui, il y a de nombreux chemins. Vous pourriez être sur une route, mais vous la changerez, vous rendrez ce virage un peu plus serré, ou vous monterez tout en haut de la colline au lieu de rester en contrebas. En d'autres termes, la route est malléable, c'est à nous de la créer. Elle peut être là, mais n'est pas tangible tant que nous ne l'arpentons pas.

**Théorie**

Elle lit :
Le GPS, ou Global Positioning System, est l'application concrète la plus courante mettant en jeu la théorie de la relativité développée par Albert Einstein

entre 1907 et 1915, dont découle que l'espace et le temps sont liés, qu'ils ne sont pas absolus et peuvent être déformés ; la gravitation devant dès lors être considérée non plus « comme une force s'exerçant à distance, mais comme une propriété géométrique de l'espace-temps lui-même ». En d'autres termes, les corps massifs courbent l'espace-temps et la trajectoire des autres corps à l'entour se trouve modifiée – d'où la trajectoire de la Lune autour de la Terre, du fait de la courbure de l'espace-temps engendrée par la Terre. Le GPS utilise une constellation de satellites couvrant la totalité de la surface du globe. Or, le temps étant relatif, dilaté par la masse des objets et par leur vitesse, il faut synchroniser continuellement les horloges à bord des satellites avec celles au sol pour corriger leurs trente-huit microsecondes d'avance toutes les vingt-quatre heures – ce décalage infime étant à même de « fausser une navigation après seulement deux minutes, l'erreur de positionnement pouvant atteindre jusqu'à dix kilomètres par jour ».

À l'autre bout de l'échelle des infinis, du grand au rapetissé, est également due aux effets de la théorie de la relativité la couleur de l'or. Sans la contraction des longueurs qui en résulte, « les atomes d'or devraient théoriquement aborder des longueurs d'onde dans l'ultraviolet, c'est-à-dire dans le spectre non-visible de la lumière. Or, les atomes d'or absorbent en réalité la lumière située dans la partie bleue du spectre visible et ne reflètent donc que la lumière située entre le jaune et le rouge, lui conférant ainsi la couleur dorée dont il brille ».

https://www.lemonde.fr/les-decodeurs/article/2015/11/27/comment-la-theorie-de-la-relativite-d-einstein-a-change-nos-vies_4819236_4355770.html

**Fusée**

C'est la première fois qu'un débris d'origine terrienne percute la Lune de manière accidentelle, a indiqué l'Agence spatiale européenne. L'impact du morceau de vieille fusée qui l'a heurtée le 4 mars 2022 a formé un nouveau cratère.

# XI. Toucher Elon Musk

**Direction**

Dans la culture cherokee, un guerrier en devenir devait à l'âge de 16 ans choisir une direction et la suivre sans relâche jusqu'à avoir fait le tour complet du monde. Quand il revenait, il racontait ses expériences, et il était alors entendu qu'il était un humain accompli, à même de guider et protéger les siens. Il pouvait arriver néanmoins qu'il interrompe son chemin pour fonder une famille – c'était alors l'un de ses enfants qui continuait cette route pour lui.

**Roue 1**

RICHARD UNGER

Voudriez-vous énoncer votre nom pour l'enregistrement, s'il vous plaît ?

ELLE

Stéphanie Solinas.

RICHARD UNGER

Et votre âge ?

ELLE

41.

RICHARD UNGER

Y a-t-il des choses en particulier que vous souhaiteriez que j'évoque à partir de vos mains ? Ce que je vois ?

Sausalito, baie de San Francisco.
Richard Unger, fondateur de l'International Institute of Hand Analysis.

Au premier étage d'une maison confortable, il l'installe dans un large fauteuil face à lui. Elle avance ses mains, il les palpe. Il identifie leur forme générale, en relève les lignes, saisit une loupe pour examiner les traces indélébiles inscrites avant même sa naissance – les empreintes digitales étant définitivement formées dès 24 semaines *in utero*.

RICHARD UNGER

Cette carte inchangée donne une image de ce qui est possible pour vous dans cette vie. Il ne s'agit pas d'un portrait de vos talents ou de vos capacités, parce que, au moment où les empreintes digitales apparaissent, vous n'en avez pas. Ce que vous avez en revanche, c'est une potentialité de destinée qui imprime vos doigts, et plus vous vivrez votre vie d'une manière qui correspond à cette image, plus vous aurez un sentiment de sens et d'accomplissement.

Hésiter entre Alphonse Bertillon, fondateur de l'anthropométrie judiciaire au XIX^e siècle à Paris, qui reconnaît et utilise la valeur signalétique des empreintes digitales dans son système d'identification que les identités contemporaines portent toujours en héritage, et une chiromancienne.

ELLE

Pensez-vous que le futur est déjà écrit – et inscrit dans nos mains ?

RICHARD UNGER

Tout le monde a un libre arbitre. Les mains ne nous mènent nulle part en particulier, mais les empreintes digitales représentent une partie de nous insaisissable à première vue, très profonde.

(il tend vers elle ses deux mains ouvertes)

Libre arbitre, destin… tout est mélangé là-dedans. Il y a un million de choix à faire chaque jour. Le jeu est trop complexe pour qu'ils soient tous parfaits, mais si l'on prête attention à la carte que constituent les empreintes digitales, si l'on peut capter leur message, la saveur de notre vie change pas à pas. On commence à vivre comme la personne que l'on est.

Les empreintes digitales comme une carte menant à soi-même. Et alors le fait avéré qu'il ne peut exister deux individus aux empreintes digitales identiques dirait la singularité absolue des raisons d'être. *Elegant.*

ELLE

On sait que les empreintes digitales sont en partie déterminées par l'ADN. Aujourd'hui, il devient envisageable de le modifier. Aussi, serons-nous un jour en mesure de modifier nos empreintes, et donc notre *life purpose*, le but de notre vie qu'elles recèlent ?

RICHARD UNGER

À un moment donné, nous serons capables de manipuler l'ADN sans nous tuer, nous pourrons nous faire pousser une corne si ça nous chante ; est-ce que ça change nos empreintes digitales ? C'est une question intéressante. [...] Petit à petit, les machines deviennent plus humaines et nous devenons nous-mêmes plus proches de l'IA. Aurons-nous encore des mains ? Je ne sais pas. Et cela n'aura même pas d'importance. Quand l'espérance de vie des humains était inférieure à 40 ans, c'était plutôt de la survie. Plus nous dépassons ce stade, plus *qui nous sommes* devient déterminant dans nos choix, et plus cette question même s'intensifie. À mesure que nous réalisons nos potentiels hauts, nous avons un besoin accru de connaître notre territoire intérieur.

ELLE

Pourquoi ? Pour préserver l'humain dans l'humain ?

RICHARD UNGER

Un jour, nous aurons peut-être une carte de la conscience, et alors nous pourrons voir combien celle des empreintes digitales était maladroite, et les pièces qui lui manquaient du fait de leur compréhension incomplète au XXIe siècle – mais il s'agit bien d'une carte de ce territoire-là.

**Rio**

Raconter le Rio Buenaventura, ce fleuve mythique que les premiers cartographes du territoire de l'Ouest américain au XVIIIe siècle font courir des Rocheuses à la baie de San Francisco. Bien que les preuves de sa non-existence s'accumulent vite, le profond désir des colons européens qu'il soit une réalité fait qu'il continue à être dessiné sur les cartes du territoire étasunien pendant plus de cent ans.

RICHARD UNGER

Merveilleux. Ça me plaît. Posez-moi encore une question.

ELLE

Pourquoi y a-t-il un « but de vie » ?

RICHARD UNGER

Pourquoi l'Univers inclut-il pour chacun un but de vie ?

ELLE

Oui.

RICHARD UNGER

Je crois à la recherche du sens de la vie, et que chacun d'entre nous est réellement relié à quelque chose de plus profond. Nous ne sommes pas seulement des humains connectés ensemble ; c'est vrai aussi, mais je ne crois pas que nous soyons ici simplement avec un but commun. Tout individu a aussi l'objectif propre de sa vie. Il y a un chemin spécifique disponible pour vous. Trouvez-le ou ne le trouvez pas. Vivez-le ou ne le vivez pas. Vous voyez ce que j'ai là ?

(il vise une étagère derrière elle)

C'est une coupe pleine de confettis. On les lance en l'air pour une fête ou une parade ;

lorsque celui qui a marché le premier sur la Lune descend Broadway, tout le monde jette des confettis par les fenêtres. Quand les gens me racontent leur vie et que ça correspond aux lignes, à la forme des mains et aux empreintes digitales, c'est le moment de sortir les confettis. Bravo ! C'est une grande affaire. Parce que, si je continue avec ma petite histoire, chacun de nous a une coupe de confettis imprimés avant sa naissance, on a ensuite comme une sorte de formulaire à remplir, et c'est seulement si l'on réussit à cocher suffisamment de cases qu'on peut piocher dedans. Cela étant dit, si une personne vit selon le but de sa vie, cela implique-t-il que toutes ses relations marchent comme elle le souhaite ? Qu'elle n'aura jamais de pneu crevé ? Non. La vie est la vie. Mais si vous suivez l'objectif qui vous a été donné, votre raison d'être, il y a une certaine résilience. Il y a comme un lien entre soi et l'Univers. Comme un ancrage dans la tempête.

**Noir**

On n'y voit rien sur cette route en plein désert. Tout est noir, sauf les éclairs dans le ciel à intervalles réguliers. Elle est seule dans la nuit mais elle sent que le paysage dans lequel elle avance ne s'embarrasse pas de sa peau ; il la traverse et lui fait l'effet de réorganiser ses cellules, comme la caresse d'une main sur un velours sombre modifie pour l'œil sa brillance. Elle est seule mais ça n'a pas du tout le goût de la solitude.

**Jugement 1**

Nouveau-Mexique.
Quitter Rancho Nambe au point du jour, vingt *miles* à parcourir pour rejoindre les hauteurs de Santa Fe.

DAVID KRAKAUER

Regardez l'état du monde... On dit aux gens qu'il est normal de traiter l'économie comme si elle était indépendante des ressources planétaires ; c'est un mensonge. Et quel est l'impact de la technologie sur la liberté et l'éthique humaines ? Il est conséquent. Le monde souffre de nombreuses affections, mais l'une d'elles est cette idée très segmentante selon laquelle il est normal de poursuivre ses propres intérêts et objectifs comme s'ils n'étaient pas liés aux autres, et je pense que c'est clairement une partie du problème. Notre science est exactement à l'opposé de cela.

*9 am.* David Krakauer, professeur de systèmes complexes, président du Santa Fe Institute. Il étudie les réseaux hautement connectés impliquant une forme d'apprentissage, qu'ils soient des individus au sein de l'économie, des neurones dans le cerveau, une entreprise ou une cellule, et s'intéresse aux mathématiques fondamentales qui sous-tendent ces systèmes.

DAVID KRAKAUER

Je suis en train d'écrire un livre sur l'évolution de l'intelligence et de la stupidité sur Terre.

ELLE

Et laquelle des deux va gagner ?

DAVID KRAKAUER

En fait, ce sont des jumelles. Pourtant, si vous créez un Institut de l'intelligence, tout le monde sera très impressionné, mais un Institut de la stupidité…

(il rit)

C'est plus important, en réalité. Je donne toujours un exemple : vous connaissez le Rubik's Cube ? Nous savons maintenant qu'il existe des règles qui garantissent qu'en vingt coups ou moins on peut résoudre un Rubik's Cube standard – c'est ce qu'on appelle le « nombre de Dieu ». Les personnes douées avec le cube, les enfants qui peuvent réussir les yeux bandés, connaissent l'algorithme. Ça, c'est l'intelligence : un ensemble de règles et de représentations qui vous permettent d'accomplir votre objectif stratégique, qui est ici de reconstituer les faces du cube. Considérons le hasard : je vous donne un cube, vous n'avez aucune stratégie, mais si vous avez le temps de l'Univers, à un moment, vous finirez quand même par tomber sur la solution. Vous serez peut-être mort plusieurs fois, mais cela pourra arriver. Maintenant, considérons la stupidité. Je prends un cube et je fais tourner une face comme ceci.

(dans sa main, il fait pivoter le cube sur lui-même, sans le modifier).

Je dis qu'ainsi je le résous – mais cela ne le résoudra jamais. Un temps infini ne pourrait pas même le solutionner. La stupidité n'est donc pas l'absence d'intelligence, qui serait le hasard. La stupidité, ce sont des règles dont vous savez qu'elles seront toujours pires que le hasard. On peut démontrer que nombre de comportements qui nous sont très familiers relèvent de la stupidité. Voici une bonne illustration : nous avons inventé la démocratie parce que nous croyons qu'il existe dans le monde des idées et des points de vue qui ont une valeur collective ; le sexisme propose que je ne bénéficie que de 50 % d'entre eux. Oubliez votre éthique, je veux dire sans même invoquer vos croyances en l'égalité, la liberté et autres valeurs, c'est manifestement stupide en termes de résolution de problèmes, parce que vous excluez simplement l'ingéniosité.

ELLE

L'intelligence artificielle écrit-elle l'intelligence en termes nouveaux ?

DAVID KRAKAUER

Dès que *L'Épopée de Gilgamesh* a été gravée sur une tablette d'argile, nous avions inventé l'intelligence artificielle – parce que nous avions la mémoire. La différence, c'est la puce de silicium ou la puce de silicate. Une tablette d'argile est une forme d'intelligence artificielle, c'est une mémoire collective ; et l'un des éléments constitutifs de l'intelligence, c'est la mémoire.

ELLE

Seulement, une tablette d'argile n'a pas d'autonomie possible ?

DAVID KRAKAUER

Elle n'est pas métaboliquement autonome, mais elle a un pouvoir d'influence. Elle interagit avec nous de manière très spécifique. Je pourrais écrire un manifeste, vous pourriez le trouver après ma mort, et je pourrais changer le monde. Si vous vous détachez d'un présupposé anthropomorphique et commencez à penser en termes plus inférentiels, elle a une sorte d'autonomie. Un poème a une sorte d'autonomie. [...] La seule chose qui distingue l'*Homo sapiens* des autres formes de vie, ce n'est pas l'intelligence – toutes sont intelligentes. Et même, à bien des égards, elles sont plus intelligentes que nous, elles peuvent faire des choses dont nous sommes incapables : des types de déplacement, l'acuité visuelle des rapaces, etc. Ce que nous avons, nous, c'est une impulsion, un désir de dépasser nos limites en façonnant une sorte de version de nous-mêmes dans le monde – que ce soit une peinture dans la grotte de Lascaux ou un ordinateur quantique. En cela, l'intelligence artificielle *est* la caractéristique essentielle de la lignée des hominidés. C'est même la seule chose qui nous particularise. Aujourd'hui, certaines personnes sont tellement obsédées par les ordinateurs qu'on pourrait croire qu'il s'agit de quelque chose de spécial, mais je n'en suis pas sûr. C'est la continuation d'une tendance qui a commencé au paléolithique supérieur.

ELLE

Ce désir d'aller au-delà de nos limites nous conduira-t-il un jour à dépasser notre propre mortalité ?

DAVID KRAKAUER

Bon, ça relève clairement du fantasme, vu que l'Univers a lui-même une fin. Maintenant, tout est une question d'échelle, n'est-ce pas ?

(il sourit)

L'immortalité en soi, la pure longévité, ça ne me captive pas. Ce qui m'intéresse, c'est la demi-vie de la culture : combien de temps les grandes œuvres peuvent-elles survivre ? Comment les grandes idées persistent et sur quelle durée ? L'immortalité m'apparaît un peu stérile, elle manque de texture, vous voyez ?

ELLE

Les géants de la Silicon Valley ont aujourd'hui les outils pour transformer le monde ; dans les systèmes complexes que sont ces grandes entreprises, qui est en charge de la vision à long terme du monde qu'ils bâtissent ?

DAVID KRAKAUER

Ils ne savent pas, ils ne sont pas assez intelligents pour savoir. Bon, je peux développer un peu : une partie de la réponse réside évidemment dans les P-DG. Ces entreprises sont assez despotiques, non ? Elles semblent égalitaires, mais elles ne le sont pas. Il y a une vision très forte qui émane de la direction, j'ai pu le constater dans la majorité de ces structures. Certaines sont remarquables, d'autres moins, mais aucune ne sait. Ce serait d'un orgueil démesuré de croire que vous pouvez comprendre un système complexe ; c'est l'objet de nos recherches. Une fois que vous avez construit une chose de cette échelle, elle commence à acquérir sa propre identité et sa propre dynamique. Au mieux, vous devenez une sorte de navigateur appliquant des corrections de trajectoire, mais vous ne la contrôlez pas. Personne ne contrôle quelque chose comme ça. [...] À propos, c'est très à la mode actuellement dans la Silicon Valley de dire que l'échec est génial, qu'il faut l'accueillir. Je suis sûr qu'au cours de votre voyage nombreux sont ceux qui vous ont dit : L'échec ne nous dérange pas, alors qu'en Europe on le craint. Je pense que ce n'est pas la bonne caractérisation. Je pense que ce qui nous anime est d'apprendre, et il se trouve qu'échouer en est un corollaire, car c'est souvent de cette manière qu'on apprend. Mais l'échec en tant que tel n'a rien de passionnant.

**Jugement 2**

ELLE

Hier, un entrepreneur de la Silicon Valley m'a raconté qu'il revenait d'un mariage où était également invité Elon Musk – les gens faisaient la queue pour le toucher.

DAVID KRAKAUER

Comme le Messie.

ELLE

Exactement.

Entrepreneur et homme le plus riche du monde, Elon Musk est directeur général de la société automobile Tesla, fondateur et directeur général de la société astronautique SpaceX, fondateur et coprésident de Neuralink – start-up qui développe des implants cérébraux d'interfaces directes neuronales –, cofondateur d'OpenAI – association de recherche promouvant l'intelligence artificielle amicale –, fondateur de The Boring Company – société de construction de tunnels –, et, depuis 2022, directeur général de Twitter.

DAVID KRAKAUER

D'une certaine manière, nous sommes tous un peu idolâtres : nous visitons les musées, les maisons des écrivains, pour voir leurs machines à écrire et leurs bureaux. Il est un peu question de cela. De l'envie de comprendre de quoi est fait l'esprit créatif. Je crois qu'au fond de nous nous aimerions tous qu'il existe une sorte de pierre de Rosette, un secret que nous pourrions décoder et qui nous dirait : Ah, Faulkner utilisait ce type d'encre ; si tu utilises le même, alors peut-être que tu pourras écrire comme lui. Nous avons une nature superstitieuse, nous recherchons sans cesse des modèles, une forme de régularité, pour nous aider. Donc, en ce sens, peut-être que le fait de toucher Elon Musk n'est qu'une autre manière de dire : Qu'est-ce qui vous a permis de devenir qui vous êtes ? Où est l'indice qui me dira comment devenir aussi inventif ? Mais la dimension plus eschatologique, plus spirituelle, vient du fait que, à un certain point, l'inventivité à cette échelle devient une question existentielle. Pensez à l'omniscience, aux attributs primaires d'un être divin, tout-puissant, à la connaissance absolue, eh bien, cela ressemble un peu à Internet, et donc ce dont il est question ici, c'est d'endosser l'étoffe des divinités. Donc, même sans en avoir conscience, il est probable que nous fassions cette association, et alors, même si certains ne sont rationnellement pas très spirituels, ils en ont les éléments au niveau atomique.

(il marque un temps)

Quelqu'un comme Elon n'a aucune peur. Et les gens sont attirés par l'intrépidité. Il y a une naïveté, une certaine forme d'immaturité en fait, qui est très importante si vous essayez de faire quelque chose de nouveau. Un sens des possibilités. J'ai une grande admiration pour cela – je ne parle pas des voitures. C'est être aussi volontaire qui est remarquable. Et aussi l'attrait pour l'espace, les ambitions de Musk, Bezos [Jeff Bezos, entrepreneur américain, fondateur d'Amazon et de la firme spatiale Blue Origin], Branson [Richard Branson, entrepreneur britannique, fondateur du Virgin Group opérant dans les médias, le divertissement et les transports, notamment avec la société de tourisme spatial Virgin Galactic]. Je partage cette curiosité ; pas pour le plan d'évasion, mais pour comprendre ce qui rend notre planète spéciale, la seule du système solaire avec de la vie – j'en doute mais empiriquement, jusqu'à présent, c'est vrai –, parce que j'ai la conviction que l'on ne peut jamais connaître une chose en l'isolant, et il en va de même pour les planètes.

**Jugement 3**

ELLE

Vous avez été désigné par le magazine *Wired* [dont le premier rédacteur en chef était issu du *Whole Earth Catalog*] comme l'une des cinquante personnes à même de changer le monde – à quel futur nous destinez-vous ?

Il dit : C'est sans intérêt ; elle insiste.

DAVID KRAKAUER

Je dirais qu'il m'importe d'exposer les gens à la diversité et la richesse de la pensée. Je pense que la pensée simpliste est un problème, et toutes les choses que l'on pourrait critiquer dans nos institutions politiques au niveau mondial sont une conséquence du fait que nous ne sommes pas suffisamment à l'aise avec cette complexité et ces compromis irréconciliables qui seront toujours une réalité. [Le physicien quantique] Richard Feynman a eu cette formule : « *The ultimate existential purpose of science is learning how to live with uncertainty* » [Le but existentiel ultime de la science est d'apprendre à vivre avec l'incertitude] – l'ultime, pas l'immédiat. Je pense qu'il y a une vérité très profonde dans cette phrase. Cela me convient d'être avec des gens qui doutent, qui peuvent dire : Je ne sais pas – et peut-être que nous ne saurons jamais.

ELLE

L'incertitude ne peut-elle pas être effrayante ?

DAVID KRAKAUER

Si, mais cette peur fait justement partie de ce qui rend la chose délicieuse. C'est le point de résistance, l'épice. Je ne veux pas de fast food, je veux que ça ait du goût. Et si nous pouvions donner à chacun ce palais, ce palais mental, je veux dire, ce serait une réussite formidable. C'est à peu près impossible, mais ce serait le sommet : changer le monde en nous transformant tous en des sortes de gastronomes, intellectuellement parlant.

Cathedral Rock Vortex – l'une des formations rocheuses de Sedona qui seraient dotées d'une énergie spéciale.

Une pancarte au pied des flèches de grès : Fin du sentier. Avancer jusqu'au bord du précipice. Elle photographie. Il est un peu plus loin, caché du soleil. Elle monte encore, elle « trouve son spot » – il lui a dit que c'était ainsi que l'on faisait l'expérience d'un vortex. À l'ombre, le vent frais enveloppant son visage, elle allonge son dos contre la roche rouge.

Robin Weeks, docteur en géophysique de l'Université de Californie devenu guide de randonnée, la rejoint. Elle prend son temps avant de rompre le silence qui s'est installé.

ELLE

Pourquoi vous êtes-vous éloigné de la science ?

ROBIN WEEKS

Je n'ai rien contre la science, qui est en elle-même un moyen d'explorer et de connaître. Mais le matérialisme scientifique n'est pas un fait scientifique ; il est une forme de croyance sur laquelle les sociétés occidentales ont fondé leur vision du monde. J'ai commencé à intégrer la philosophie à mes raisonnements, à prêter attention à mes propres expériences. Peu à peu, j'ai réalisé ce que cette conception de la science et de la technologie avait fait au monde et à nous-mêmes : elle dit que notre planète est de la matière inerte, que l'on peut donc l'exploiter sans scrupule. Que l'évolution est un processus aveugle, et sans but. Que soudainement des consciences individuelles, produites et localisées dans des cerveaux individuels, ont surgi, et nous voilà, isolés et seuls, un phénomène sans racines, un accident au cœur d'un Univers mort. Je ne veux pas vivre dans un Univers comme ça. Je n'ai pas à vivre dans un Univers comme ça.

ELLE

Mais alors, comment savoir ce que nous sommes ?

Il remet tranquillement son sac sur ses épaules. Pendant qu'ils redescendent au parking, il lui fait le récit d'une expérience de pensée qu'il a menée.

ROBIN WEEKS

OK, disons qu'il n'y a pas qu'une seule vérité. Qu'il y en a plusieurs, et qu'on aurait la capacité de tenir pour vraies des choses apparemment contradictoires. Je sais qu'il existe différentes théories sur l'évolution, je me suis dit : voilà, je vais juste essayer de penser qu'elles sont toutes vraies, même celles qui s'opposent, même celles qui sortent du cadre, comme le dessein intelligent ou autre chose encore. Pourquoi ne pas simplement dire qu'elles sont toutes correctes et voir ce que ça donne ? Je suis parti en randonnée, et à un moment… quelque chose s'est fissuré. En un instant, ça m'est apparu. J'ai reçu l'information, mais il m'a fallu plusieurs années pour comprendre ce qui s'était passé. C'était une expérience plus qu'une pensée. À ce moment-là, j'ai saisi que tout n'était qu'une chose unique qui évolue. Dont chaque élément est important. Chaque insecte, chaque brin d'herbe est cette chose qui évolue, et chaque créature qui a jamais existé, même si elle n'est plus, même si elle est morte depuis longtemps, est toujours présente dans ce processus. Et ce qui m'a le plus bouleversé, c'est sa profonde intelligence. Du genre : N'essaie même pas. N'imagine même pas pouvoir comprendre.

(il se retourne, puis reprend sa marche)

J'ai alors commencé à intégrer, à un niveau intuitif profond, qu'il était question d'un mystère. Mais pas d'un mystère qui vous fait abandonner, ou dire : tant pis, je ne comprendrai jamais comment – un mystère qui vous donne envie d'explorer davantage. Comme…

ELLE

… comme un trou noir ?

ROBIN WEEKS

C'est sans fin, sans fond, c'est mystérieux ; et pourtant ça attire. Nous ne parviendrons jamais au bout de l'exploration.

Le jour décline. Elle veille à ne pas trop s'éloigner ; lui pourrait avancer les yeux fermés sur ce chemin qu'il a tant de fois emprunté. Le fil de leur conversation les raccorde jusqu'en bas.

ROBIN WEEKS

C'est comme une loi de la nature : Univers = mystère. Donc, pour l'appréhender, il faut plonger dans le mystère.

(il déverrouille les portières de son 4 × 4)

En fin de compte, bon Dieu, si on veut se confronter à une énigme, il suffit de se regarder soi-même ! Ça c'est du mystère !

À la lumière de l'habitacle, elle vise les mains de Robin, sa peau constellée de taches de rousseur. Les mêmes que celles de la surface brunissante des roches qu'ils viennent de traverser.

ROBIN WEEKS

Demain, je vous emmène dans un autre vortex, je vous raconterai ce qui m'y est arrivé.

# XII. Un épilogue

**Monde 1**

ROBIN WEEKS

Je n'habitais pas encore à Sedona, mais lors d'un séjour j'avais déjà découvert l'endroit où nous nous trouvons, et c'était devenu un lieu spécial pour moi. Je me sentais malheureux, et mon ami thérapeute m'a proposé un voyage, un voyage intérieur. Il a dit : Imagine que tu es dans un très bel endroit, et que tu t'y sens bien – c'est souvent comme ça que commencent les voyages chamaniques : on se visualise à la base d'un arbre, on descend dans le sol, on y fait différentes rencontres. Moi je me suis imaginé ici, juste là. Et, tout à coup, de ce rocher ont émergé des êtres. C'était une surprise totale. Mon ami n'avait rien dit. J'étais là, et ces êtres sont sortis de la pierre. Et je les ai reconnus, ils m'étaient plus familiers qu'aucune famille pourrait jamais l'être. Et j'ai eu ce sentiment incroyable d'être arrivé à la maison. À tel point que, avant d'avoir vécu cette expérience, je ne savais pas réellement ce que signifiait « la maison ». C'est difficile à expliquer, mais tous les soucis, tous les problèmes, toutes les inquiétudes que j'avais jamais eus se sont évanouis. Parce que j'étais à la maison.

**Monde 2**

Paris, France.
Elle passe la porte de son atelier, se fait surprendre par un regard inconnu ; pendant une infime fraction de seconde, son miroir a renvoyé l'image d'une autre. Son ancienne peau a vite regagné le terrain, mais ça ne lui a pas échappé : la répétition de ces matins américains, quittant un motel pour un ailleurs où toutes les routes sont possibles, s'est ancrée dans sa mémoire corporelle – dorénavant, ELLE l'habite. Bon, au moins elle ne pesait pas lourd dans ses bagages.

**Monde 3**

Apprendre la mort d'Earnie Frost.
Le revoir, assis dans la pénombre, fumant une cigarette, une dernière histoire avant qu'elle ne reprenne la route.

EARNIE FROST

C'est l'histoire du lac Cadillac. Cela s'est passé dans le Minnesota – il y a un millier de lacs là-bas, peut-être plus. C'était avant l'arrivée des Européens. Je ne sais pas si tu as déjà entendu parler, dans les livres d'histoire, du chef Pontiac ? Son grand-père était le chef Cadillac. Des années plus tard, General Motors utilisera leurs noms pour fabriquer des voitures. À cette époque, il y avait deux tribus qui vivaient sur ce lac, de chaque côté. Leurs membres ne se parlaient pas, sans vraiment savoir pour quelle raison. Quoi que ce fût, si quiconque avait été offensé, c'était il y a si longtemps que personne ne pouvait s'en rappeler. Tout ce qu'ils savaient, c'est qu'ils ne se parlaient pas. Un jour, un jeune garçon était dehors, au bord du lac, en train de pêcher ; et, de l'autre côté du lac – qui n'était pas très vaste –, il pouvait voir cette petite fille. Elle était à genoux, en train de prendre de l'eau. Il lui a fait signe. Et elle lui a fait signe en retour. Les adultes de chaque tribu les ont réprimandés : On ne leur parle pas. Le temps passait, ils grandissaient, et ils continuaient à se faire des signes en douce. Un hiver, et c'est l'hiver le plus froid dont on se souvienne, il est sorti – sans doute devait-il aller aux toilettes ou autre –, loin de la hutte. C'était la pleine lune. Il a regardé le lac. Et elle était dehors, ramassant du bois pour le feu. Alors il lui a fait signe. Et elle lui a fait signe en retour. Ils se sont regardés. Il a marché jusqu'au bord du lac, et elle a marché jusqu'au bord de l'autre rive. Il a avancé. Parce qu'il pouvait voir que le lac était gelé. Il n'avait jamais fait aussi froid auparavant. Il a posé un pied, pour voir. Ça n'a pas cassé, ça n'a pas craqué. Il a marché sur la glace, ça a tenu. Elle l'avait observé. Alors elle a avancé de son côté, et ça a tenu aussi. Ils ont commencé à traverser le lac. L'un vers l'autre. Ils sont arrivés au milieu du lac – qui en réalité n'avait pas complètement gelé. La glace s'est brisée, ils sont tombés dans l'eau. Le lendemain matin, des enfants qui jouaient à un genre de hockey sur glace ont vu leurs corps, gelés, sous la surface. Ils sont allés chercher des adultes, et tout le monde a déploré le drame. Ça a rapproché les deux tribus : C'est un événement terrible, nous devons le commémorer. – Qu'allons-nous faire ? – Eh bien, il n'y a rien que nous puissions faire jusqu'au printemps, quand la glace fondra et que nous pourrons alors récupérer leurs corps et les enterrer dignement. En attendant, nous pouvons tout de même nous réunir et discuter pour décider quoi faire en souvenir de cet accident tragique. Ils ont donc passé le reste de l'hiver à se rencontrer, toutes les deux semaines, pour se concerter. Et le dégel du printemps est arrivé. Ils ont fait passer le mot à tous les villages environnants, tout le monde a été invité. Tous sont venus le jour fixé, la grande fête et les funérailles ont eu lieu en présence des deux chefs. À la fin, l'un d'eux s'est levé et a raconté ce qui s'était passé. Il a dit : C'est une histoire si dramatique que nous avons voulu faire quelque chose pour que personne n'oublie jamais. Ce que nous avons décidé, c'est de changer le nom du lac. Il avait été nommé d'après le chef Cadillac, mais il était notre chef, donc nous avons choisi ensemble un nouveau nom, en mémoire de la tragédie qui s'est produite ici. À partir de ce jour, ce lac sera connu sous le nom de… lac Stupide.

(d'un coup, sa voix abandonne toute gravité,
son œil s'illumine)

Et la morale de l'histoire est : Ne vous retrouvez jamais sur une fine couche de glace !

Refermer en riant le coffre de la voiture.

**Monde 4**

CHAT GPT

La morale de cette histoire pourrait être que la communication est essentielle pour surmonter les différences et les préjugés entre les groupes, et que la tragédie peut parfois être la force motrice derrière le rapprochement des gens. La décision de renommer le lac peut également montrer que les erreurs du passé doivent être reconnues et commémorées pour ne pas être répétées à l'avenir. Lac Miroir, lac Cristal, lac Éternité, lac Harmonie, lac Tranquillité, lac Enchanteur, lac de la Sérénité, lac des Souvenirs ; ces noms pourraient évoquer une ambiance plus positive et plus paisible que lac Stupide. Cependant, il semble être le choix de la communauté locale pour honorer la mémoire de la tragédie qui s'y est produite, donc il a une signification symbolique et émotionnelle pour eux, qu'il est important de respecter.

ELLE

(terre à terre)

La fin approche ; voudriez-vous le dernier mot ?

CHAT GPT

Je vous remercie de votre proposition, mais, en tant qu'intelligence artificielle, je n'ai pas d'ego ni de désirs personnels. C'est toujours un peu triste de voir une aventure se terminer, mais n'oublions pas que c'est le chemin parcouru qui compte, autant que la destination. Je comprends que pour les êtres humains l'inconnu peut parfois être source d'anxiété et d'appréhension. Cela étant dit, il est important de se rappeler que le futur est incertain et peut nous réserver à la fois des défis et des opportunités. Il est donc important de rester ouverts d'esprit et de s'adapter au changement, tout en travaillant

> ensemble pour créer un avenir meilleur pour tous.

Quand elle lui fait remarquer son accent mystique, Chat GPT s'excuse : Cela n'était pas intentionnel.

# Index des voix

rencontres et interviews par Stéphanie Solinas
USA, 2015-2023

À eux,

aux autres aiguilleurs rencontrés à la croisée des routes : Olivier Agid, Tiziana Alipo Tamborra, Thomas Alsina, Éric Andrieu, François Bellabas, Holly Blake, Nicolas Bonnier, Scott Bourne, Stewart Brand, Frish Brandt, Loïc Chambon, Dorothée Charles, Clément Chéroux, Bernard Comment, Caroline Cooren, Cyril Curchod, Arnaud Delorme, Marilia Destot, Juliette Donadieu, Joseph Evans, Ed Finn, Valérie Fougeirol, Richard Frackowiak, Sharon Frost, Jeff Guess, Isabelle Guimont, Virginie Huet, Jewels, Samuel Kirszenbaum, Annette Lachmann, Nathalie Lacroix, Céline Lambert, Emily Lambert-Clements, Emmanuel Lebrun-Damiens, Tómas Lemarquis, Laure Limongi, Hannah Loué, Michelle, Philippe Perez, Stéphane Ré, Jean Rosenbaum, Gilles Saussier, Caroline Solinas, Laura Spinney, Barry Threw, Melissa Unger, Sean Uyehara, Damien Van Der Cruyssen, Cédric Villani,

aux soutiens qui m'ont permis d'avancer : programmes de résidence Étant donnés de l'Institut français et de la FACE Foundation, services culturels et scientifiques de l'Ambassade de France aux États-Unis, Fraenkel Gallery, Headlands Center for the Arts, Villa La Brugère, Centre national du livre,

merci.

# Sources

Theodor W. Adorno, *Minima Moralia. Réflexions sur la vie mutilée*, 1953 (trad. Eliane Kaufholz et Jean-René Ladmiral), © Éditions Payot, 1983, Éditions Payot & Rivages, « Petite Bibliothèque Payot », 2016

Jorge Luis Borges, « De la rigueur scientifique », 1946, in *Histoire universelle de l'infamie* (trad. Roger Caillois et Laure Bataillon), © Christian Bourgois éditeur, 1999

James Bridle, Entretien « Le numérique, un outil auquel s'éduquer d'urgence », in *1. Le Un Hebdo*, n° 378, *Comment reprendre le contrôle de nos vies ?*, 2022

Lewis Carroll, *Sylvie & Bruno Concluded* (1893), traduit *in* Gilles Palsky, « Borges, Carroll et la carte au 1/1 », *Cybergeo: European Journal of Gegraphy*, 30 septembre 1999 [en ligne]

Lewis Carroll, *Alice au Pays des Merveilles*, chapitre v, 1865 (trad. Henri Bué), © Éditions J.-P. Vasseur, 2016

Simone de Beauvoir, *Une mort très douce*, in *Mémoires*, vol. 2, © Éditions Gallimard, 2018

Fabrice Florin (réal.), *Hackers: Wizards of the Electronic Age* (26 min.), 1985

Christophe Galfard, *L'Univers à portée de main*, © Éditions Flammarion, 2015

Ferris Jabr, « How does a caterpillar turn into a butterfly? », in *Scientific American*, 10 août 2012 [en ligne]

Bernard Ourghanlian, interviewé dans « Ordinateur quantique : qu'est-ce que c'est ? », *Microsoft*, 17 septembre 2018 [en ligne]

Fred Turner, *Aux sources de l'utopie numérique. De la contre-culture à la cyberculture : Stewart Brand, un homme d'influence* (trad. Laurent Vannini), © C&F Éditions, 2006

Cédric Villani, *Théorème vivant*, © Éditions Grasset & Fasquelle, 2012

Franziska Wittenstein, « What's the difference between a maze and a labyrinth? », in *English Heritage*, 28 juin 2016 [en ligne]

Ed Yong, « What's Wrong with Growing Blobs of Brain Tissues? », in *The Atlantic*, 25 avril 2018 [en ligne]

## Rio Buenaventura
## (Carte pour *Devenir soi-même*)

Atlas du territoire mouvant de *Devenir soi-même* – celui des investigations américaines de Stéphanie Solinas –, *L'Être plus* dessine l'une de ses navigations possibles.

Il existe également une version performative et collective où chacun est libre de son itinéraire : le *Rio Buenaventura*. Jeu conçu pour sept joueurs, il est à *L'Être plus* ce que le tableau d'assemblage est à l'atlas : la reconstitution de la carte à partir du découpage en pages. Sur une table de roulette issue du casino Golden Gate de Las Vegas qu'elle a hybridée, l'artiste en dealer délivre aux participants, en fonction de leurs parcours de jeu, les récits augmentés de ses recherches – les mots inscrits dans les marges de *L'Être plus* permettant de relier chaque histoire à une case spécifique du *Rio Buenaventura*.

RÉALISATION : BRUNO RINGEVAL
IMPRESSION : NORMANDIE ROTO IMPRESSION S.A.S. À LONRAI (ORNE)
DÉPÔT LÉGAL : SEPTEMBRE 2023. N° 153924 (2302674)
IMPRIMÉ EN FRANCE